LIBRE
ET AUTRES NOUVELLES

DU MÊME AUTEUR

Les Soleils mouillés, Récamier, 2024 (première édition, Julliard, 1972)

De vagues herbes jaunes, Récamier, 2023 (première édition, Julliard, 1974) ; Pocket, 2024

Des histoires qui vous ressemblent, avec la collaboration de Valérie Rossellini, collection « Secrets d'écriture », Le Robert/Plon, 2022.

Un si bel horizon, Plon, 2022 ; Pocket, 2023

Le meilleur est à venir, Belfond, 2021 ; Pocket, 2022

Quelqu'un de bien, Belfond, 2020 ; Pocket, 2021

Si loin, si proches, Belfond, 2019 ; Pocket, 2020

La Maison des Aravis, Belfond, 2000, rééd. 2019

Gran Paradiso, Belfond, 2018 ; Pocket, 2019

Un été de canicule, Belfond, 2003, rééd. 2018

Hors saison et autres nouvelles, Belfond, 2018 ; Pocket, 2019

Le Choix des autres, Belfond, 2017 ; Pocket, 2018

L'Homme de leur vie, Belfond, 2000, rééd. 2017

Face à la mer, Belfond, 2016 ; Pocket, 2018

Un mariage d'amour, Belfond, 2002, rééd. 2016

Au nom du père, Belfond, 2015 ; Pocket, 2017

La Camarguaise, Belfond, 1996, rééd. 2015 ; Pocket, 2017

À feu et à sang, Belfond, 2014 ; Pocket, 2016

La Promesse de l'océan, Belfond, 2014 ; Pocket, 2015

Galop d'essai, collectif, Belfond, 2014 ; Pocket, 2015

D'eau et de feu, Belfond, 2013 ; Pocket, 2016

L'Héritier des Beaulieu, Belfond, 1998, rééd. 2003, 2013 ; Pocket, 2016

(*suite en fin d'ouvrage*)

Vous pouvez consulter le site de l'auteur
à l'adresse suivante : www.francoise-bourdin.com

Françoise Bourdin

Avec la participation d'Agnès Martin-Lugand
et de Frédérique Le Teurnier

LIBRE
ET AUTRES NOUVELLES

nouvelles

Préface d'Agnès Martin-Lugand

RÉCAMIER

« Libre » a été publiée pour la première fois dans *Des mots par la fenêtre* (Pocket) en 2020.
« Tant d'amitié », « Laissée-pour-compte », « La croisière ne s'amuse pas », « N'a-qu'un-œil », « Un faire-valoir », « La binette » de Françoise Bourdin, ainsi que « Merci la maîtresse » d'Agnès Martin-Lugand ont été publiées pour la première fois dans les recueils *13 à table* (Pocket) entre 2018 et 2023.
« Le temps qui passe » a été écrite pour *Boomerang* (France Inter) le 07 mai 2021.
« Hautain » a été publiée pour la première fois dans *Galop d'essai* (Belfond) en 2014.
Des histoires qui vous ressemblent (Le Robert, Plon) a été publié pour la première fois dans la collection « Secrets d'écriture » en 2022.

92, avenue de France
75013 Paris
Tél. : 01 44 16 09 00
Fax : 01 44 16 09 01
www.editions-recamier.fr
www.lisez.com

Mise en page : Nord Compo
Dépôt légal : octobre 2025
ISBN : 978-2-38577-215-4

Aux lectrices et lecteurs de Françoise Bourdin,

Ouvrir ce livre, c'est retrouver une voix familière. Celle de Françoise Bourdin, qui a tant compté dans nos vies, et qui continue de vivre dans chaque phrase qu'elle a laissée. Elle nous a donné des personnages plus vrais que nature, des histoires ancrées dans la vie, pleines de passions, de déchirements et d'espérance qui nous offraient en miroir une vérité parfois dure, mais toujours empreinte d'humanité.

Libre n'est pas un recueil comme les autres. Il est une rencontre, une conversation à plusieurs voix. Vous y retrouverez bien sûr l'écriture de Françoise, lumineuse et vibrante de sincérité, mais aussi celle de sa fille cadette, qui a choisi d'offrir à sa mère une nouvelle bouleversante : un hommage tendre et courageux, où Françoise devient héroïne de sa propre jeunesse. Et puis, il y a les mots d'Agnès Martin-Lugand, pour qui Françoise a été une source d'élan et de foi en l'écriture. Elle signe ici une préface et une nouvelle, comme pour dire merci, une dernière fois, à celle qui lui a d'une certaine façon montré le chemin.

Ces pages sont plus qu'un recueil de nouvelles : elles sont un passage de flambeau. D'une génération à l'autre, d'une écrivaine à une autre, d'une mère à ses filles – car la fille aînée de Françoise est également présente dans ces pages, héroïne des histoires de sa mère dans « Libre » et « Hautain ».

Lire ce recueil, c'est se rappeler que les livres n'appartiennent jamais seulement à ceux qui les écrivent : ils appartiennent aussi à ceux qui les lisent, qui les portent, qui les prolongent. Et en cela, Françoise continue d'être avec nous – dans la mémoire de ses proches, dans l'admiration de ses confrères, dans l'actualité de sa maison d'édition et des libraires, et dans vos cœurs de lecteurs.

Et si vous ouvrez pour la première fois un livre de Françoise Bourdin, alors soyez les bienvenus : vous tenez entre vos mains une porte d'entrée idéale vers une œuvre généreuse et profondément humaine, qui n'a cessé de toucher des millions de lecteurs.

Que cette lecture soit pour chacun – fidèles ou nouveaux venus – une manière douce et vibrante de lui dire : merci.

Céline Thoulouze,
Éditrice de Françoise Bourdin

Préface

Que représente Françoise Bourdin pour la romancière que je suis ? Telle est la question à laquelle ses filles, Frédérique et Fabienne, m'ont proposé de répondre pour ouvrir ce recueil de nouvelles.

Une femme discrète… Un regard délicat et malicieux à la fois… Une romancière dont l'œuvre impose le respect…

J'ai eu l'immense chance de la rencontrer, d'avoir pu échanger avec elle, de croiser ses yeux bienveillants, encourageants. Son parcours, sa carrière, m'ont toujours impressionnée, et m'impressionnent encore.

Françoise Bourdin possédait une écriture exigeante, elle parlait aux lectrices et aux lecteurs, elle les touchait en plein cœur, elle racontait la vie, ses secrets, ses blessures, ses joies, et elle décortiquait la famille avec une telle acuité. Ses personnages nous touchent dans leurs défauts et leurs qualités, parce qu'ils nous ressemblent. Personne ne peut mener une carrière comme la sienne, sans raison. Il n'y a ni magie ni recette, il y a le travail, l'exigence et une incroyable capacité à créer des caisses de résonance, susciter un écho avec notre vécu. Et puis, comme me l'a confié son éditrice, une grande joie à écrire. Françoise Bourdin était une romancière qui s'amusait avec ses histoires et les êtres de papier qu'elle créait.

Elle est une pionnière de la littérature contemporaine qui parle au plus grand nombre. J'ai une immense reconnaissance envers elle. Elle m'a ouvert la voie, comme à tant d'autres femmes auteures que moi. Je suis profondément convaincue que si Françoise Bourdin n'avait pas écrit ce qu'elle a écrit, n'avait pas été cette femme indépendante, je n'aurais peut-être pas trouvé ma place dans ce monde littéraire. Et ce parcours, elle l'a mené discrètement, pudiquement…

On a peu entendu parler d'elle et de ses romans dans la presse. Pourquoi ? Parce qu'elle était une femme ? Parce qu'elle était populaire ? Parce qu'elle ne faisait pas de vagues ? Peu importe aujourd'hui… Car cela ne l'a pas empêchée d'exister en tant qu'auteure. Combien d'hommes, de femmes, d'adolescents ont découvert le plaisir de la lecture grâce à ses romans ? Innombrables. Durant combien d'années a-t-elle écrit et rencontré son lectorat sans les réseaux sociaux ? Des décennies ! Et Françoise Bourdin n'a jamais eu besoin, ni même l'envie – j'imagine – d'étaler sa vie privée… Elle a créé, grâce à son écriture, ses histoires, et uniquement grâce à elles, un lien extraordinaire avec ceux qui ont fait vivre, font vivre, et feront vivre encore longtemps son souffle romanesque.

Elle nous manque, mais son aura et son œuvre perdurent…

Merci Françoise, pour votre histoire, vos mots, vos regards, vos sourires.

Agnès Martin-Lugand

PREMIÈRE PARTIE

Libre

Liberté vraie

Vraie, parce que l'histoire est authentique, figée dans ma galerie des bons souvenirs.

Cabourg, hiver 1998. Plus de vingt ans, déjà, Dieu que la vie va vite !

Cabourg, donc, le Grand Hôtel, celui que Marcel Proust hantait lorsqu'il écrivait dans ce qu'il appelait « l'aquarium », une grande salle dont les baies vitrées donnent sur la mer.

Avec mes deux filles, nous nous offrons là un petit week-end d'évasion durant lequel je dois tenir une promesse faite à Fab, l'aînée. Elle a hérité ma passion des chevaux et elle a déjà acquis une longue expérience, mais jamais elle n'a eu l'occasion de galoper sur une plage. Celle de Cabourg étend son sable fin sur une longueur de quatre kilomètres… Je me suis donc engagée à partager avec elle cette grande première fois.

Rendez-vous a été pris avec un loueur de chevaux, et ce dimanche matin nous nous sommes réveillées tôt. Fred, ma cadette, n'a pas l'amour des équidés et elle nous annonce qu'elle va faire ce qu'elle préfère, à savoir la grasse matinée avec petit déjeuner au lit. Un grand luxe ! Encore ensommeillée, elle marmonne que nous devons être à moitié folles pour nous lancer dans l'aventure par ce petit matin gris, très froid, hostile. Elle reste donc sous sa couette tandis que nous partons, Fab et moi, pour l'écurie du loueur. Celui-ci, persuadé que le temps nous découragerait, n'avait rien préparé. Mais nous voilà, alors il selle trois chevaux. Pourquoi trois ? Pour nous accompagner, pardi ! Dire qu'on sait monter à cheval ne prouve rien. Et s'il avait affaire à des débutantes trop sûres d'elles et en mal de sensations ?

Distribution des montures et en route, sagement derrière lui, à travers les rues endormies de Cabourg. Les fers des sabots résonnent sur le bitume, le vent est glacial et on frissonne dans nos doudounes. Était-ce une si bonne idée ? La bonne saison ? J'observe notre loueur et, sans excès d'orgueil ni fausse modestie –, j'ai vingt-cinq ans de pratique de l'équitation –, le résultat de mon examen visuel est qu'il monte comme un… cow-boy d'opérette.

Mais soudain, on aperçoit la mer, juste en face de nous. Nous descendons, au pas, sur cette merveilleuse plage, totalement déserte à cette heure. Un bref temps de trot pour détendre les chevaux, et enfin le loueur se met au petit galop en nous criant :

— Surtout, restez bien derrière moi, ne me dépassez pas !

Je ne sais pas ce qu'il redoute, mais je sais ce dont nous avons envie ma fille et moi. Côte à côte, en suspension sur nos étriers, nous échangeons un regard complice et nous nous comprenons. On tend nos rênes, on ferme nos jambes : en avant toute !

Lancées botte à botte comme deux boulets de canon, nous laissons le loueur sur place. L'air iodé du large nous stimule, nos chevaux ne demandent qu'à foncer et il n'y a aucun obstacle en vue.

Ah, ce merveilleux galop avec le vent dans les oreilles ! À marée basse, la mer en se retirant a laissé de larges flaques d'eau qui nous éclaboussent tandis que les sabots martèlent le sable en cadence. C'est une course folle, merveilleuse et grisante face à l'horizon où ciel et mer se confondent.

Mais comme, justement, nous ne sommes pas des débutantes, on finit par ralentir et se remettre au pas pour laisser les chevaux souffler. Quand je me retourne, je vois une minuscule silhouette, loin, très loin derrière nous. Le loueur n'a pas suivi, il ne doit pas aimer la vitesse, ou alors il a pensé qu'on allait se tuer et ne voulait pas être tenu pour responsable.

Nous décidons de revenir vers lui, ayant accompli notre vœu, lorsque surgit un promeneur flanqué de ses deux teckels en liberté. Or voici que les deux chiens se précipitent vers nous, babines relevées sur leurs crocs, apparemment décidés à s'en prendre aux jarrets des chevaux. Ceux-ci s'affolent, alors nous choisissons de semer les canidés, et c'est reparti !

Il nous faudra cinq cents mètres bon train et les sifflements désespérés du maître pour que ses teckels nous lâchent enfin. Lorsque nous arrivons près du loueur, image même de la désapprobation, il nous toise sans un mot avant de tourner bride, direction l'écurie.

Adieu la plage, retour au calme, mais quelle fabuleuse matinée, quelle sensation inouïe d'absolue liberté… En mettant pied à terre, je songe à Fred et à son plateau de petit déjeuner qui, brusquement, me met l'eau à la bouche.

Nous allons rejoindre ma cadette, mais les yeux brillants de ma fille aînée me disent assez quel fut le plaisir de notre chevauchée… vraiment fantastique !

Tant d'amitié

Après cinq années de mariage, Max était toujours amoureux de sa femme. Le feu des débuts ne s'était pas éteint, et il savait qu'il vivait là quelque chose d'exceptionnel.

Quand il voyait Céline passer entre les tables, affable et enjouée, ayant un mot pour chacun, il se disait qu'il lui devait en grande partie la réussite de leur brasserie. Celle-ci était bien située, dans la rue la plus commerçante et touristique de Cabourg, qui menait aux jardins du casino. Max en avait hérité au décès de ses parents, survenu alors qu'il achevait sa formation à l'école hôtelière de Caen. La cuisine, la salle, la gestion de l'affaire : il savait déjà tout faire ou presque. Devenu un très jeune patron, il avait eu la sagesse de conserver le chef, ainsi que le cadre rétro avec ses banquettes et ses miroirs. Son ambition s'était limitée à rajeunir et augmenter sa clientèle, qu'il avait attirée avec de séduisants plats du jour « faits maison » inscrits à la craie sur des ardoises, d'alléchantes suggestions pour les végétariens, ainsi qu'une charte placardée au-dessus du bar qui attestait de son engagement envers les producteurs locaux. Il ne rêvait pas de s'installer ailleurs, encore moins de « monter » à Paris. Il aimait son appartement en front de mer, ses footings matinaux sur l'immense plage, et l'afflux des vacanciers l'été.

La rencontre avec Céline – la meilleure chose qui lui soit arrivée – avait été le fruit du hasard. La jeune femme ne connaissait rien à la restauration, elle travaillait alors comme secrétaire dans un laboratoire d'analyses médicales où elle s'ennuyait. Six mois après leur premier dîner, ils s'étaient mariés et Céline avait démissionné. En salle, elle faisait merveille, elle avait vite appris à accueillir les clients et à prendre les commandes. Au besoin, quand le service était débordé le samedi soir, elle donnait un coup de main en portant quelques assiettes.

Max avait un ami d'enfance, Adrien, qui par chance s'entendait bien avec Céline. Célibataire et coureur, Adrien possédait une petite maison tout en hauteur au bout de l'avenue du Commandant-Touchard. Dans son jardinet, il organisait des soirées de copains durant la saison estivale, et l'hiver on se regroupait autour de sa cheminée. On s'amusait chez lui, où Max et Céline étaient toujours les bienvenus le dimanche soir, jour de la fermeture hebdomadaire de la brasserie. Adrien était assureur, il gagnait correctement sa vie et les filles lui tournaient autour, mais il ne s'engageait avec aucune, préférant papillonner et mener une vie de joyeux fêtard.

Max et Adrien étaient en réalité de très lointains cousins, mais leur amitié s'était surtout nouée sur les bancs de l'école primaire puis du collège. Par la suite, ce lien ne s'était jamais distendu. Et bien sûr, Adrien avait été le témoin de Max à son mariage, il devait être aussi le parrain de son premier enfant, quand celui-ci arriverait. Pour l'heure, Céline entendait profiter de la vie encore un ou deux ans avant de devenir mère de famille.

Ce matin-là, alors que Max surveillait la mise en place des tables et l'arrivage des produits frais dans les cuisines, il se sentait préoccupé. Depuis quelques jours, Céline s'absentait durant le service du déjeuner, sous des prétextes variés qui semblaient de plus en plus fantaisistes. Parfois un massage ou un sauna au centre Thalazur, une copine en détresse qui avait besoin de se confier, une petite robe à essayer dans sa boutique préférée, des chaussures à porter chez le cordonnier... Bref, elle s'éclipsait, puis revenait avec un sourire réjoui dont Max ne comprenait pas la raison. À d'autres moments, elle s'isolait loin de lui dans un coin de la brasserie et tapait à toute vitesse sur l'écran de son téléphone. Dans ces cas-là, le même sourire réapparaissait.

Max s'interrogeait. Céline avait-elle quelque chose à cacher ? Mais quoi ? Pour une grossesse, un test suffisait à obtenir une certitude et le manège aurait cessé. Couple uni qui partageait tout, Céline et Max ne se dissimulaient rien de leurs joies ou de leurs soucis. Alors, quoi ? Elle n'était pas infidèle, il en aurait mis ses deux mains au feu, ni hypocrite ni menteuse. Peut-être se faisait-il des idées. Après tout, elle avait droit à un jardin secret. Un truc de femme.

Tandis qu'il contrôlait le déchargement des cagettes de légumes, il essayait de se rassurer sans vraiment y parvenir. La veille encore, Céline avait prétexté une grande fatigue et elle avait quitté la brasserie un peu avant dix heures du soir pour aller se coucher. Max avait descendu le rideau de fer à une heure du matin, et en rentrant à l'appartement il avait trouvé Céline bien réveillée. Elle était assise dans leur lit, son ordinateur portable sur les genoux, et son étrange sourire aux lèvres. Cette fois, il n'avait pu s'empêcher de lui demander ce qu'elle faisait, alors qu'elle était censée dormir. Elle lui avait répondu gentiment, comme à un enfant, qu'elle n'avait plus sommeil et qu'elle surfait sur des sites de mode.

Perdu dans ses pensées, il regagna les cuisines où le chef donnait ses ordres aux apprentis pour lancer les premières préparations.

— Max !

La voix familière d'Adrien le fit se retourner.

— Tu m'offres un petit déjeuner ?

— Tu n'es pas dans un bar, ironisa Max.

— Oui, mais ici tu as du pain, du beurre, du café et du lait, je suppose ? répliqua Adrien du tac au tac. Alors, avec un peu de bonne volonté…

Ils se mirent à rire, puis Max fit signe à l'un des employés de leur préparer des tartines. Ils allèrent s'installer au bar, dans la salle de la brasserie qui était encore fermée à cette heure matinale.

— J'ai réservé un court dimanche à onze heures, annonça Adrien.

Ils jouaient ensemble au tennis depuis de nombreuses années et ne manquaient pas une occasion de s'affronter. En revanche, s'ils jouaient en double avec des amis, alors ils faisaient systématiquement équipe.

— Tiens, tu as un nouveau plat du jour ! remarqua Adrien en désignant l'ardoise la plus proche. Cabillaud en croûte d'herbes ? Je croyais que tu ne raffolais pas du poisson ?

— Si, j'y viens. Évidemment, une bonne côte de bœuf ou un tournedos… Mais il en faut pour tous les goûts.

— Et ton plat de rêve, de gala, ce serait lequel ?

— Un foie gras chaud aux raisins et aux figues.

Adrien s'esclaffa, traita son ami de bâfreur, puis annonça qu'il devait se dépêcher d'aller travailler. Il engloutit deux tartines et vida sa tasse de café au lait en un temps record avant de s'éclipser. Max regretta ce départ trop rapide car il aurait voulu lui parler du comportement étrange de Céline. Il avait failli le faire, mais une soudaine pensée parasite l'en avait empêché, et à présent Adrien était parti. Ce serait pour une autre fois… Ou pas. À peine l'eut-il pensé qu'il s'étonna de cette réserve incompréhensible. Il n'allait tout de même pas se méfier d'Adrien et imaginer n'importe quoi !

Il quitta son tabouret de bar et regagna les cuisines, toujours songeur.

*

* *

Deux jours plus tard, la situation avait empiré. Max s'était permis une indiscrétion qu'il regrettait amèrement. Le matin même, alors que Céline se shampouinait sous la douche, son portable, posé sur le rebord du lavabo, avait émis les trois notes signalant l'arrivée d'un message. Et Max, par curiosité, par réflexe, par bêtise, avait glissé son doigt sur l'écran pour le lire. « Crois-tu qu'il se doute de quelque chose ? », affichait le petit carré bleu.

Complètement sonné par ces quelques mots, à la fois sibyllins et révélateurs, Max avait hésité. Le message émanait d'Adrien. Apparemment, il en existait d'autres, antérieurs. Le doigt toujours au dessus de l'écran, indécis, Max avait entendu les robinets de la douche s'arrêter et il n'avait eu que le temps de couper le portable avant que Céline n'ouvre la paroi vitrée. Elle sifflotait gaiement mais s'était arrêtée net en voyant son mari.

— Qu'est-ce qui se passe, Max ?

Il devait avoir l'air d'un poisson hors de l'eau et n'était parvenu à se reprendre qu'au prix d'un gros effort, bredouillant que la chaleur de la salle de bains l'avait incommodé. Une explication particulièrement stupide pour un homme habitué aux fourneaux des cuisines, mais Céline, compréhensive, avait aussitôt ouvert la fenêtre.

Depuis cet incident, Max ne pensait qu'à ça. Adrien… Adrien ? Il le connaissait si bien et depuis si longtemps ! Il ne parvenait pas à le voir comme un traître, et pas davantage à croire que Céline soit assez fourbe pour le tromper avec son meilleur ami. Néanmoins, il avait lu les mots fatidiques. Y avait-il une autre façon de les interpréter ?

Pour en avoir le cœur net, il décida d'attendre le prochain prétexte fallacieux que Céline emploierait pour s'éclipser. Il n'eut pas à patienter longtemps, à peine le service de midi commencé, elle annonça d'un ton léger qu'elle filait au pressing. Il n'écouta pas l'histoire du blazer crème – son préféré –, qu'elle aurait malencontreusement taché, et se contenta de lui sourire. En temps normal, jamais Céline n'aurait déserté la brasserie à cette heure-là, celle du coup de feu. Mais les dés étaient jetés, Max voulait savoir, il prévint le chef et les serveurs que lui aussi s'absentait. Indifférent à leurs regards stupéfaits puis courroucés, il quitta la brasserie quelques instants après sa femme.

Les rues de Cabourg étaient assez encombrées de touristes, de promeneurs et de voitures roulant au pas pour que Max puisse suivre Céline sans se faire remarquer. Elle remonta toute la rue, traversa en biais les jardins du casino et, comme prévu hélas, s'engagea dans l'avenue du Commandant-Touchard. Le cœur serré dans un étau, Max s'arrêta, sachant désormais où elle allait. De loin, il la vit pousser la barrière du petit jardin d'Adrien. Il fit demi-tour, repartit en traînant les pieds.

Sa femme et son meilleur ami… Pourquoi ? Que leur avait-il donc fait ? Et comment pouvaient-ils encore le regarder en face ? Cinq ans de mariage et vingt-cinq ans d'amitié balayés par un adultère à la sauvette. Quelle pitié !

Incapable de retourner à la brasserie et d'affronter son personnel, il gagna la promenade Marcel Proust pour pouvoir marcher en regardant la mer. La fin du mois de juin était assez ensoleillée, mais le vent soufflait, soulevant du sable fin sur l'immense plage, en contrebas. Max croisait des familles, des enfants à vélo, des chiens en laisse et des couples d'amoureux sans les voir. Son existence lui semblait fissurée au point de bientôt s'effondrer en l'ensevelissant sous les décombres.

Ce qui le tira de son hébétude fut un petit groupe bruyant qui venait à sa rencontre. Il reconnut des habitués de la brasserie qui le hélèrent gaiement.

— Alors, Max, on se balade ? Ne nous dites pas que la brasserie est fermée, parce qu'on y va de ce pas !

Ils riaient et Max trouva la force de répondre que l'établissement était évidemment ouvert et qu'ils y seraient bien accueillis. Il se remit en route mais, peu après, il s'arrêta de nouveau puis alla s'appuyer à la rambarde. Durant un moment, il observa un voilier, au loin, tout en essayant de réfléchir. Que pouvait-il, que devait-il faire ? Retourner chez Adrien pour surprendre les amants ? Non, il allait s'épargner ce cruel vaudeville. Regagner son appartement pour y pleurer à son aise ? Hors de question, il n'était plus un gamin et ne se laisserait pas aller. Les minutes s'écoulaient tandis qu'il tentait de remettre ses idées en ordre. Dans un moment, il rejoindrait sa brasserie, s'obligerait à faire bonne figure devant son chef et ses serveurs. La saison estivale commençait, un nouvel apprenti faisait ses débuts en cuisine, les clients affluaient. Et Céline finirait par revenir, avec son insupportable sourire énigmatique qui était finalement celui de la trahison. Ah, comme il aurait voulu ne plus l'aimer, s'en détacher d'un coup, la considérer avec mépris ! Mais c'était impossible, il le sentait bien. Il lui avait donné son cœur une fois pour toutes et n'avait aucun moyen de le reprendre sur-le-champ pour ne plus souffrir.

Il se remit en marche, se redressa, huma l'air iodé que le vent apportait. À présent, il était urgent de choisir l'attitude à adopter. S'expliquer avec Céline ? Fracasser une raquette de tennis sur la tête d'Adrien ? Se draper dans sa dignité de mari trompé ? Fermer les yeux et se taire, par lâcheté ?

Non, il ne parviendrait pas à donner le change, il était bien trop spontané pour arriver à jouer la comédie.

Son regard fut soudain attiré par des gens qui sortaient du Grand Hôtel, côté plage. Cloué sur place, incrédule, il reconnut Céline et Adrien, en compagnie d'un inconnu, qui discutaient en faisant de grands gestes. Comment avaient-ils pu arriver là ? Ils n'étaient pas passés par le bord de mer, ils avaient dû revenir par l'avenue du Commandant-Touchard et pénétrer dans le Grand Hôtel côté jardins. Mais que signifiait leur présence ? Ils n'étaient donc pas en pleins ébats ?

D'où il était, il voyait l'expression réjouie de Céline, qui acheva de le désespérer. À l'évidence sa femme s'amusait, voire s'épanouissait, Adrien à ses côtés… Brutalement submergé d'un accès de fureur, violent comme un uppercut, Max comprit qu'il ne pourrait pas en supporter davantage. Il courut jusqu'aux marches qu'il escalada. Devant l'imposante porte à tambour, l'inconnu le regarda surgir, sourcils froncés, et esquissa un geste destiné à l'arrêter, tandis que Céline se retournait et considérait son mari bouche bée.

Au premier regard, Max lut sur le visage de sa femme de la déception.

— Oh, non ! s'exclama-t-elle.

Elle paraissait désappointée plutôt que coupable, et non pas honteuse mais contrariée. Pour sa part, Adrien affichait une petite mimique impuissante, presque amusée. Comble de la provocation, il tapota gentiment l'épaule de Céline.

— Vous vous foutez de moi ? hurla Max. L'inconnu sursauta, toisa Max de toute sa hauteur puis adressa un regard interrogateur à Céline qui soupira :

— Mon mari…

— Ah, dommage ! fit l'inconnu d'un air contrit.

Adrien prit alors la parole pour présenter l'homme qui était l'un des responsables du Grand Hôtel.

— Tu tombes mal, ajouta-t-il. À cette heure-ci tu es censé être à la brasserie.

— Désolé de déranger vos plans ! éructa Max.

— On espérait garder le secret jusqu'au bout, ajouta Céline.

— Au bout de quoi ? De votre liaison honteuse ? Vous êtes deux monstres ! Vous prenez une chambre ici l'après-midi, de peur que je vous tombe dessus ?

— Monsieur ! s'offusqua le responsable.

Adrien eut un petit rire moqueur qui donna immédiatement envie à Max de lui sauter à la gorge.

— Ne sois pas ridicule, mon vieux. Céline et moi ? Tu es cinglé, ma parole…

— Ta parole ne vaut rien ! J'ai vu ton texto sur son téléphone. Un de tes nombreux textos !

— Max ? intervint Céline. Calme-toi, veux-tu ? D'où te viennent ces soupçons ridicules ? On te prépare seulement un très bel anniversaire. Trente-cinq ans, ça compte. Tous tes amis participent à l'élaboration d'une folle soirée qui aura lieu ici, dans ce cadre magnifique, et Adrien m'aide à tout organiser. Nous étions en train de parler du menu avec ce monsieur. Foie gras chaud aux figues et aux raisins pour l'entrée, Adrien t'a soutiré l'info. Pour la suite, je ne te révèle rien, on va essayer de sauver ce qui nous reste de la surprise. On voulait tellement que tu sois stupéfait et émerveillé ! Mais voilà, malgré tout le mal qu'on a pu se donner, c'est raté. Je suis très, très déçue…

Effaré par ce qu'il entendait, Max s'écarta d'un pas, secoua la tête.

— Les « nombreux textos » dont tu parles concernent tous la mise en place de la fête, ajouta-t-elle. D'ailleurs, je peux te les montrer.

Elle prit son portable dans son sac, fit défiler le menu.

— Ah, zut, c'est vrai que j'ai tout effacé car je n'avais plus de mémoire disponible ! Bref, peu importe. La question est : qu'allons-nous faire ?

Max se sentait stupide, il s'était monté la tête et emballé à tort. Non, Céline n'était pas infidèle, Adrien ne l'avait pas trahi. Et non seulement ses soupçons étaient injurieux, mais de surcroît il avait fait tomber à l'eau une surprise dont il aurait dû être le grand bénéficiaire.

— Oh… je suis désolé… , finit-il par murmurer.

Il l'était pour de bon et se demandait comment il pourrait se racheter. Et, accessoirement, comment effacer la mauvaise impression produite sur le représentant du Grand Hôtel. Mais celui-ci, avec un sourire très professionnel, se réjouissait que le malentendu entre ses clients soit dissipé. Par courtoisie, Max se sentit obligé de bavarder un peu avec lui, entre professionnels de la restauration cabourgeaise.

Ce faisant, il ne vit pas Adrien se pencher très discrètement vers Céline, et il ne l'entendit pas chuchoter tendrement à son oreille :

— On a eu chaud !

Laissée-pour-compte

Une fête… Oui, voilà, organiser une énième fête, en rameutant cette fois le ban et l'arrière-ban, avec les copains des copains. Lilybeth ne voyait aucun autre moyen pour arriver – enfin ! – à faire la rencontre dont elle rêvait, celle qui changerait sa vie.

Travaillant dans une toute petite maison d'édition, on pourrait même dire confidentielle, Lily ne fréquentait que des femmes à longueur de journée, ainsi que deux ou trois écrivains très âgés et torturés par la postérité de leur œuvre. Dans les cocktails où son métier l'obligeait à se rendre, elle croisait toujours les mêmes têtes, échangeait les mêmes banalités. Et malgré l'optimisme de sa sœur Marianne, qui prétendait que l'aventure est au coin de la rue, Lily avait beau arpenter Paris, il ne lui arrivait rien. Rien du tout. Marianne était bien gentille, mais elle n'avait pas eu à chercher l'âme sœur puisqu'elle avait épousé, à vingt ans, son premier amour rencontré au lycée ! Depuis, elle avait eu quatre beaux enfants et projetait d'en faire un cinquième, heureuse d'être femme au foyer et mère d'une famille nombreuse.

Lilybeth n'en demandait pas tant. Elle voulait seulement trouver un homme qui lui ferait battre le cœur et avec lequel elle aurait envie de construire quelque chose de durable. À trente-quatre ans, il était grand temps, si elle ne voulait pas finir laissée-pour-compte ! Bien sûr, elle avait déjà eu des histoires – bien entendu éphémères –, deux liaisons chaotiques semées de petits plaisirs et de grandes désillusions. Bref, rien de solide, rien d'exaltant au point de pouvoir se dire : « Voilà, ça y est, c'est le bon et c'est pour toujours ! » Même si, toujours, de nos jours...

Donc, Lilybeth s'était mis en tête d'organiser une fête. C'était Marianne qui l'avait surnommée Lilybeth, alors que son prénom était Élisabeth. Durant ses années d'enfance, elle avait adoré ce diminutif, jusqu'à ce que, en classe de 6ᵉ des collégiennes ironiques lui fassent remarquer que ça signifiait aussi Lily *bête,* Lily stupide. Mais comme elle n'était pas influençable, même à onze ans, elle avait conservé son surnom puisqu'elle l'aimait.

Par chance, elle avait hérité de ses parents un agréable trois-pièces avec balcon dans le quartier des Batignolles. Le grand double séjour était l'endroit parfait pour se réunir nombreux autour d'un buffet. Afin de limiter les frais, Lilybeth préparerait elle-même des petits-fours au fromage, des assiettes de charcuterie et des bols de chips, tout ce qu'on pouvait manger avec les doigts pour éviter de sortir la vaisselle. Hormis des verres, bien entendu, car boire du vin dans des gobelets en carton n'était pas convivial, et le vin était vraiment essentiel pour réussir une fête en perdant un peu la tête.

Sous prétexte de vouloir voir de nouveaux visages, elle avait bien recommandé à ses amis les plus proches d'amener d'autres amis qu'elle ne connaîtrait pas forcément. Aux intimes, elle avait avoué ses intentions : qu'ils soient accompagnés par de séduisants célibataires.

Le soir de la fête, le résultat dépassa ses espérances, au moins pour le nombre, car ils se retrouvèrent à plus de quarante dans le salon ! Et, tout en remplissant à la chaîne les verres de ses invités, Lilybeth se mit à détailler discrètement les inconnus. Puis elle passa de groupe en groupe pour échanger quelques mots avec chacun, et surtout voir de plus près ceux qu'elle avait repérés. Plusieurs candidats étaient à la rigueur envisageables, mais elle comprit vite qu'elle avait peu de chances de trouver l'homme de sa vie.

— Tu ne connais pas mon ami Raphaël, je crois ?

La question émanait de Géraldine, une collègue qu'elle avait invitée à tout hasard et qui venait d'arriver. À côté de Géraldine se trouvait un homme d'à peine quarante ans, avec de beaux cheveux châtains, de grands yeux verts et un sourire à tomber par terre.

— Enchantée !

Elle l'était pour de bon, entrevoyant enfin la possibilité que cette soirée ne soit finalement pas inutile. D'un coup d'œil, elle s'assura qu'il n'avait rien dans les mains et elle lui proposa un verre.

— Blanc, rosé, rouge ? J'ai les trois ! En revanche, je n'ai rien d'autre, c'est trop compliqué. Et puis, avec le vin on ne se soûle pas forcément, on ne fait pas comme ces ados ivres en un temps record avec leur « biture express » ! Franchement, quel intérêt ?

Bon, elle parlait trop vite et trop fort, pourtant il l'écoutait en souriant, gentiment amusé.

— Rouge, répondit-il avec un clin d'œil. J'ai repéré votre saint-émilion 2009, une bonne année !

Connaisseur, en plus ? Décidément, il avait tout pour plaire, et surtout ce superbe regard vert clair, profond, attentif…

— Lilybeth est le diminutif de quel prénom ? voulut-il savoir.

— Devinez.

— Élisabeth ?

— Gagné !

— On peut se tutoyer, Lilybeth ?

— Volontiers !

Elle se demandait si elle ne rêvait pas. Était-elle vraiment en train de bavarder avec un homme charmant, qu'elle ne connaissait pas une heure auparavant, et qui semblait s'intéresser à elle ? Discrètement, elle s'assura qu'il n'avait ni alliance ni *trace* d'alliance à l'annulaire gauche.

— Que fais-tu dans la vie ? demanda-t-elle d'un ton qu'elle espérait désinvolte.

Quelle expression stupide que ce : « dans la vie » ! Elle aurait mieux fait de l'interroger directement sur son métier.

— Avocat. Je sais, c'est très banal. Toi, tu travailles dans la même maison d'édition que Géraldine ? Elle m'a dit que tu occupais un poste de directrice littéraire, ce doit être passionnant !

— Pas toujours ! répondit-elle en riant.

Elle se sentait follement gaie, et elle vida son verre de blanc d'un trait. Puis elle le prit par le bras pour l'entraîner vers la table qui faisait office de buffet. Elle lui servit généreusement du saint-émilion et emplit son propre verre de sauvignon.

— On trinque, proposa-t-il.

Les yeux dans les yeux, ils entrechoquèrent leurs verres. Lilybeth était sur un petit nuage. Elle chercha Géraldine du regard et lui adressa un clin d'œil appuyé qui signifiait : « Merci, ma copine ! »

— La littérature et le droit ne sont pas si éloignés, reprit-il. Où as-tu fait tes études ?

Ils se mirent à discuter des mérites de leurs universités respectives. La conversation était fluide, amusante, détendue, et il fallut un grand moment à Lilybeth pour s'apercevoir qu'elle délaissait tous ses autres invités. Raphaël dut intercepter le regard inquiet qu'elle venait de jeter autour d'elle car il proposa aussitôt :

— Je ne veux pas t'accaparer, même si j'ai eu beaucoup de plaisir à discuter avec toi. Tu es une merveilleuse hôtesse… Occupe-toi de tes amis !

Il s'effaçait poliment, très gentleman, et elle en fut chavirée.

— Merci, bredouilla-t-elle. On se reparle tout à l'heure.

Le plus vite possible, évidemment. Elle se fraya un passage parmi les groupes qui s'étaient constitués, distribuant des sourires rayonnants et de joyeuses tapes dans le dos. Elle croyait sentir le regard de Raphaël sur elle, pourtant, lorsqu'elle tourna la tête, elle constata qu'il n'était plus près du buffet. Elle le repéra quelques instants plus tard, à côté de Géraldine et d'un garçon inconnu. Tous ces gens dans son appartement ! Mais elle l'avait voulu, et grâce à cette soirée elle venait de faire une jolie rencontre… À elle de transformer l'essai, de provoquer un rendez-vous, par exemple un verre en tête à tête dans un bar branché…

Pour parvenir à ce résultat, elle devait avoir une autre conversation avec Raphaël, sans trop attendre. Car, s'il décidait de partir, elle n'avait même pas son numéro de téléphone ! Bien sûr, elle pourrait toujours le demander à Géraldine, mais alors elle aurait l'air de courir après lui, ce qui n'était pas la meilleure tactique de séduction. De nouveau, elle passa d'un invité à l'autre, plaisanta, partagea quelques rires. Pour une fois, sa sœur Marianne avait laissé les enfants à son mari et elle était venue boire un verre. D'eau gazeuse, s'aperçut Lily qui devina aussitôt la raison de ce choix.

— Enceinte ? demanda-t-elle à voix basse.

— Oui ! C'est merveilleux, nous sommes ravis. Comme c'est tout récent, je ne voulais pas en parler, mais tu as percé le secret !

— Eh bien… Félicitations, ma vieille. Décidément, je ne vais pas manquer de neveux !

— Bon, je ne m'attarde pas. Je file avant d'avoir des nausées, tu sais ce que c'est, au début.

Non, Lily n'en savait rien et ne tenait pas à approfondir la question pour l'instant.

— Avant que tu partes, dis-moi comment tu trouves…

Elle parcourut l'assemblée du regard et découvrit Raphaël toujours en grande conversation avec Géraldine et le garçon inconnu.

— Le grand type qui est près de la fenêtre, chemise blanche, cheveux châtains et yeux verts.

Marianne observa attentivement le trio durant quelques secondes avant de lâcher :

— Pas mal… Pas mal du tout. Mais…

— Il y a un « mais » ?

— Tu verras toi-même.

— Quoi donc ?

— C'est pourtant évident, non ?

— Accouche ! Enfin, façon de parler.

Elles rirent ensemble puis Marianne s'expliqua.

— Il me semble très proche du jeune homme à côté de lui. Leur façon de se parler et de se regarder dénote une évidente familiarité. Tu vois ce que je veux dire ?

— Non.

— Je crois qu'ils sont en couple, ma chérie.

Atterrée, Lilybeth risqua un nouveau coup d'œil. Raphaël avait pris le garçon par l'épaule et le secouait gentiment tout en riant aux éclats.

— Eh merde…, soupira-t-elle.

Déçue, elle eut soudain envie que tout le monde s'en aille. Cette petite fête n'avait servi à rien, comme les précédentes. Le séduisant Raphaël n'était pas pour elle, il n'y aurait pas de rendez-vous dans un bar branché. Ce malentendu l'avait fait rêver une partie de la soirée, mais c'était fini. Elle se glissa derrière le buffet où elle avait installé l'enceinte de son iPhone et elle monta le son. Puisqu'elle ne pouvait tout de même pas les mettre dehors, que ses invités dansent et s'amusent ! Pour sa part, elle n'en avait pas le cœur.

— Un rock te tente ?

Faisant volte-face, elle vit que Raphaël se tenait de l'autre côté du buffet et lui tendait la main.

— Un rock ? Pas vraiment, répondit-elle d'un ton morne.

— Allez, viens… Géraldine affirme que tu danses bien, que tu adores ça, et qu'en plus tu connais plein de passes !

Il devait être bon danseur lui aussi, en plus d'avoir de l'humour et un goût très sûr. Alors, même si elle n'avait plus aucune illusion quant à une éventuelle relation amoureuse avec lui, se défouler sur un rock endiablé n'était pas une mauvaise idée. D'ailleurs,

Raphaël pourrait devenir un ami, et un partenaire sur la piste dans d'autres soirées. Elle sélectionna un morceau rapide, éleva la voix pour qu'on lui fasse un peu de place, et elle rejoignit Raphaël en lui annonçant :

— On commence par le plus classique et le moins facile, d'accord ?

— Bill Haley ? « Rock Around the Clock » ? Tu as choisi ça ? J'adore !

— Attention, ça démarre.

Tire-bouchon, cavalier, bascule, ils commencèrent par des choses simples, se testant mutuellement. Puis, constatant qu'ils étaient du même niveau, ils osèrent les glissades, les chaises et les petits soleils, risquèrent un culbuto très réussi. Autour d'eux, les invités faisaient cercle, frappant dans leurs mains, enthousiasmés par les figures compliquées auxquelles Lilybeth et Raphaël se livraient. À la fin du morceau, des cris de joie s'élevèrent, puis des applaudissements. Les deux danseurs, que personne n'avait osé rejoindre, saluèrent en se tenant la main.

— Où as-tu appris tout ça ? voulut savoir Raphaël.

— Ma marraine dirigeait une école de danse vers Bastille, et j'y ai passé tout mon temps libre durant mon adolescence. Comme j'étais timide, je me disais que ça m'aiderait, avec les garçons.

— Et ça a marché ?

— Non. Ils dansaient tous comme des éléphants et ça les intéressait beaucoup moins que regarder un match de foot à la télé en vidant des bières. C'est la réalité, pas un cliché, hélas !

Raphaël éclata d'un rire bruyant et communicatif qui donna à Lilybeth envie de pleurer. Pourquoi fallait-il qu'un homme comme lui n'aime pas les femmes ? Et que ceux qui aimaient les femmes ne soient pas comme lui ? La vie était donc si mal faite ?

En tout cas, son compagnon avait beaucoup de chance. Lilybeth le chercha du regard et le découvrit tout au fond du séjour, seul et appuyé contre un mur, l'air mélancolique. Était-il contrarié par la prestation de Raphaël ? Peut-être ne savait-il pas danser aussi bien, ou ne souhaitait-il pas s'exhiber. Elle lâcha la main de Raphaël et lui adressa un sourire crispé. Elle ne voulait rendre personne malheureux, or le garçon, là-bas, semblait l'être.

— Des slows, des slows ! se mirent à réclamer les invités.

Bien sûr. À cette heure tardive, les hommes se faisaient séducteurs, les femmes s'abandonnaient, des couples se formaient. Lilybeth alla sélectionner la musique souhaitée, puis elle se mit en quête de Géraldine pour lui raconter sa méprise et sa déception. Sans doute pourraient-elles en rire ensemble, Géraldine sachant tourner en dérision n'importe quelle situation.

— Quel beau numéro ! lui lança son amie. Et pour une fois, tu as eu un partenaire à ta hauteur.

— Oui, Raphaël est un excellent danseur. Et lui ?

Elle désignait le garçon qui n'avait pas bougé et paraissait toujours aussi triste.

— Antoine ? Raphaël a bien essayé de lui apprendre, mais il n'a aucun sens du rythme. Du coup, il s'ennuie un peu dès que les gens se mettent à danser.

— Tu as l'air de bien les connaître, tous les deux, pourtant tu ne m'avais jamais parlé d'eux.

— Ils ont passé un an à New York et ne sont rentrés que récemment. Raphaël a tout de suite monté son cabinet d'avocats, et il a embauché Antoine, néanmoins, c'est lui le meneur. Ça se voit, non ? Raphaël prétend qu'Antoine est très efficace sur les dossiers difficiles, mais je crois qu'il le dit par tendresse. Ils sont très proches.

— Ça se voit aussi, soupira Lilybeth.

Pourquoi avait-elle dit à Géraldine qu'elle souhaitait voir de « nouveaux visages », au lieu de jouer franc-jeu en expliquant la raison de cette petite fête ? À savoir, trouver un homme à aimer ! En lui présentant un couple gay, si charmant soit-il, Géraldine ne l'avait pas aidée dans sa recherche du grand amour. Tant pis…

— On va y aller, annonça Raphaël en les rejoignant.

Lilybeth lui sourit, délivrée de toute arrière-pensée. Elle n'était plus en mode séduction, elle se sentait seulement partenaire de rock acrobatique.

— J'espère que nous aurons l'occasion de nous revoir, ajouta-t-il.

— Pourquoi pas ? Nous n'avons pas expérimenté toutes les passes ! répliqua-t-elle en riant.

Elle se sentait légère, peut-être grâce au sauvignon, et elle s'en remettait à Géraldine pour avoir l'occasion, dans un lointain futur, de danser à nouveau avec le beau Raphaël.

Afin de ne pas perdre définitivement le bénéfice de la soirée, elle se demanda si elle avait bien regardé TOUS ses invités, trop vite obnubilée par ce Raphaël si trompeur. Avait-elle laissé de côté une opportunité, ignoré une possibilité ? Même un second choix ?

Raphaël l'embrassa délicatement sur les deux joues. Il sentait bon, une eau de toilette qu'elle connaissait vaguement. *Habit Rouge* de Guerlain ? *Bleu* de Chanel ? Antoine, chanceux, devait se pâmer en s'endormant près de cet homme *parfait*. Riant d'elle-même, Lilybeth en profita pour déposer deux bises bien sonores sur les joues d'Antoine.

— À une prochaine fois ! claironna-t-elle.

Raphaël la regarda, hésita, attendit, puis esquissa un sourire contraint avant de se détourner. Les deux hommes traversèrent le séjour encombré par les trop nombreux invités. Raphaël avait posé une main protectrice sur l'épaule d'Antoine qu'il semblait guider.

— Tellement mignon, soupira Lilybeth.

— Quoi donc ? s'enquit Géraldine.

— Ce couple. Ils sont sympas et attendrissants. Tant d'amour...

— Raphaël a pris Antoine en charge très tôt. Il est l'aîné et ils ont perdu leurs parents dans un accident d'avion.

— Hein ? cria Lilybeth.

Quelqu'un avait remonté le son de la chaîne, et la musique empêchait qu'on s'entende.

— Je dis qu'il prend soin de son frère ! hurla Géraldine, penchée vers Lilybeth.

Elle répéta sa phrase avec véhémence, désignant la porte de l'appartement que les deux hommes venaient de franchir. Avait-elle compris le malentendu ? Atterrée, Lilybeth mit quelques instants à réagir. Raphaël et Antoine étaient *frères ?*

— Mais ce n'est pas possible ! Quelle conne ! s'écria-t-elle en s'élançant.

Sur le palier, une petite lumière rouge annonçait que l'ascenseur était occupé. Lilybeth dévala les trois étages et déboucha hors d'haleine sur le trottoir désert. Personne en vue. Où étaient-ils passés ? Et comment avait-elle pu se tromper à ce point ?

Un moteur démarra un peu plus loin dans la rue, en même temps que des feux de voiture s'allumaient. Lilybeth se mit à courir comme une folle, au mépris de tout ridicule. Mais elle n'eut pas à gesticuler et à crier, la voiture qui avait commencé sa manœuvre pour sortir de sa place venait de s'arrêter. Une portière claqua.

— Élisabeth ?

Raphaël sortit de sa Golf, d'abord surpris et incrédule, puis il se pencha pour chuchoter quelques mots à son frère avant de se redresser, tout sourires.

— Lilybeth, pardon. Je… J'ai oublié quelque chose ? demanda-t-il.

— De noter mon numéro et de me donner le tien, répondit-elle d'une traite.

— Pour un prochain rock endiablé ?

— Absolument. Peut-être « Everybody Needs Somebody » ?

— Des Blues Brothers ? Ah, tu connais vraiment les meilleurs, carrément partant !

Il avait déjà saisi une carte dans la poche de son blouson et il la lui tendit.

— S'il te plaît, réclama-t-il, ne me fais pas trop attendre…

— Je t'appelle demain.

— Pas avant ? insista-t-il gaiement. Rock ou pas, on peut toujours boire un verre.

— Oui.

— Ou dîner ?

— Oui.

Il la dévisagea, comme pour s'assurer qu'elle ne plaisantait pas, puis son sourire s'élargit.

— Ah, quelle bonne soirée ! s'exclama-t-il.

Il lui adressa un clin d'œil avant de remonter dans sa voiture, et il démarra en donnant plusieurs joyeux coups de klaxon. Debout sur le trottoir, radieuse, Lilybeth murmura :

— Pour une bonne soirée, en effet, c'était une bonne soirée…

La croisière ne s'amuse pas

L'idée aurait pu être bonne. Voire excellente. Sauf que Juliette n'était pas dans un état d'esprit lui permettant d'apprécier cette surprise trop tardive. Le couple qu'elle formait avec François battait de l'aile. Un manque de points communs, l'usure de l'habitude et de mesquines petites rancœurs finissaient par les éloigner inexorablement.

Or, un soir, François était rentré en affichant un sourire énigmatique. D'un geste théâtral, il lui avait mis sous le nez une brochure accompagnée d'une enveloppe.

— Et voilà ! avait-il claironné, apparemment très fier de lui.

Dans l'enveloppe se trouvaient des billets pour une croisière, et la brochure décrivait le périple qu'ils allaient accomplir : Stockholm, Helsinki, Saint-Pétersbourg, Tallin, retour à Stockholm. Soit la Suède, la Finlande, la Russie et l'Estonie, à travers la Baltique et le golfe de Finlande. Des brumes du nord qui n'attiraient pas vraiment Juliette, amoureuse des pays chauds. Mais il y avait le but du voyage, avant que le paquebot ne fasse demi-tour, et cette ville la faisait rêver depuis toujours.

Saint-Pétersbourg ! Arrachée à la Neva, c'était l'œuvre majeure de Pierre le Grand, tsar immortalisé là-bas par son cavalier de bronze. La nuit, les ponts se dressaient à la verticale, et le jour les clochers à bulbe des églises baroques rutilaient d'or. Et puis il y avait des palais inouïs, ainsi que le fabuleux musée de l'Ermitage… Mais de combien de temps disposait-on pour admirer de telles merveilles ? Dans ce genre de croisières, Juliette savait bien que les escales étaient courtes, que des cars attendaient les passagers sur le quai, au pied du paquebot, pour les emmener comme des petits troupeaux dociles vers des visites express, commentées en trois langues.

Pourtant, Saint-Pétersbourg au pas de course valait évidemment mieux que pas de Saint-Pétersbourg du tout. Juliette avait lu les auteurs russes, s'était émue du destin tragique des Romanov dont les tombeaux de marbre se trouvaient dans la forteresse Pierre-et-Paul. Était-il prévu par le croisiériste d'aller s'y recueillir ?

Elle avait fini par sourire à François qui guettait sa réaction. Pour elle, qui aimait tant l'histoire et l'architecture, ce serait un voyage d'études. Pour lui, elle le devinait, une ultime tentative de réconciliation.

*

* *

Pris en charge dès leur descente d'avion, Juliette et François se retrouvèrent, quelques jours plus tard, dans la longue file des passagers attendant de monter à bord. Ils avançaient un à un le long de la passerelle et, lorsqu'ils accédèrent enfin au pont, ils furent accueillis par un membre de l'équipage chargé de vérifier les billets, les passeports et les bagages avant de débiter un petit discours de bienvenue. Guidés par un steward pressé, Juliette et François empruntèrent les longues coursives pour gagner leur cabine. Soulagés d'être arrivés, ils découvrirent avec curiosité l'endroit où ils allaient passer sept nuits. Une bouteille d'eau et quelques chocolats avaient été déposés sur la console au-dessus de laquelle se trouvait le hublot. Un grand lit flanqué de deux chevets occupait presque toute la place, et une petite porte donnait sur la salle de douche, minuscule. Derrière une glace en pied coulissante se dissimulait la penderie. Rien de luxueux, mais le confort nécessaire. François n'avait pas choisi la meilleure des cabines ni la pire.

Juliette ouvrit les sacs de voyage et commença à accrocher leurs vêtements tandis que François lui lançait :

— Alors, qu'en dis-tu ? Nous serons comme des coqs en pâte, non ?

Bien que jugeant la pâte un peu mince, elle acquiesça. Au même instant, sortie d'un haut-parleur invisible, une voix désincarnée annonça que l'exercice de sauvetage allait débuter sur le pont principal et que tous les passagers devaient s'y présenter, munis de leurs gilets.

— Des gilets ? Où ça ? s'inquiéta François.

Juliette les avait repérés dans le bas de la penderie et elle lui en tendit un, conservant l'autre. Avant de larguer les amarres, il fallait savoir que faire en cas de naufrage. Et depuis l'horrible drame du *Titanic,* les canots de sauvetage étaient sans doute en nombre suffisant. Mais allez savoir, sur cette ville flottante remplie de milliers de passagers !

Durant l'exercice, qui se résumait à quelques gestes très simples, le commandant vint se présenter. Il était tel qu'on pouvait s'y attendre, un peu charmeur, un peu boudiné dans son uniforme, un peu vieux beau. Lors des dîners servis dans les immenses salles des restaurants, chacun aurait droit à sa photo en compagnie du commandant. Pour lui, la croisière était probablement plus mondaine et commerciale que marine. Quant à piloter ce navire, il devait sûrement s'en remettre au second et à l'équipage.

Juliette s'en voulut d'avoir ces pensées cyniques. Pourquoi tant de dérision ? Maintenant qu'elle avait embarqué avec François et qu'elle profitait de son cadeau, mieux valait se détendre et faire bonne figure. Elle lui suggéra alors de visiter le paquebot. Des ascenseurs permettaient d'aller d'un pont à l'autre, de jeter un coup d'œil aux bars, tous décorés différemment, de repérer le cinéma, le casino, le théâtre, les piscines avec leurs toboggans, la salle de sport, le bowling, la bibliothèque… Tout un univers dont on croyait ne jamais pouvoir faire le tour, mais qu'on connaissait sûrement par cœur au bout de quelques jours. En tout cas, les activités et les distractions ne manquaient pas, et François semblait déterminé à toutes les expérimenter.

C'était un de leurs problèmes, François en voulait toujours « pour son argent ». Pas vraiment avare, juste trop économe aux yeux de Juliette qui refusait de compter sou à sou. Tous deux gagnaient bien leur vie, lui comme oto-rhino, elle comme conceptrice dans une petite boîte de pub. En quelque sorte, un scientifique et une artiste. À lui la rigueur, à elle la fantaisie, et, s'il était l'eau, elle était le feu.

Lorsqu'ils se couchèrent, pour leur première nuit à bord, ils étaient assez fatigués pour ne pas avoir besoin de trouver un prétexte avant de se tourner le dos. D'ailleurs, depuis plus d'une année, leur vie intime se résumait à peu de chose. De temps à autre, une étreinte convenue, vite achevée. Le désir n'était plus là, et la tendresse s'amenuisait. Quand donc avait commencé le déclin de leur amour ? Ils ne se disputaient pourtant pas, se limitant mutuellement à quelques répliques cinglantes, mais le malaise était bien là. Juliette se demandait parfois pourquoi elle ne quittait pas François, et peut-être se posait-il la même question. Après tout, ils n'étaient pas mariés, ils étaient un couple libre censé *défier le temps,* ainsi qu'ils se l'étaient juré, les yeux dans les yeux. Sûrs d'eux, ils avaient acheté ensemble un appartement dont ils payaient le crédit à parts égales. Ce qui était plus difficile pour Juliette, mais elle y mettait un point d'honneur. Ils y avaient beaucoup reçu leurs amis, sauf qu'ils n'avaient pas les mêmes. Hormis ce bien commun, rien ne les attachait plus vraiment l'un à l'autre. Alors, pourquoi continuer ? Peur de se retrouver seuls ? Paresse à l'idée d'un changement de vie radical ? En tout cas, ils évitaient le sujet, que ce soit pour ne pas blesser l'autre ou pour ne pas se retrouver au pied du mur. Et Juliette avait bien conscience que cette croisière représentait peut-être la dernière chance de sauver leur couple.

*

* *

Les premiers jours furent assez distrayants.

S'il faisait trop froid pour profiter des piscines, en revanche ils disputèrent une partie de tennis, allèrent au cinéma, passèrent des heures sur les ponts, le nez au vent, à scruter la mer. Le soir, après le dîner, ils se rendaient aux spectacles puis jouaient quelques euros dans les machines à sous du casino, et pour finir accomplissaient un dernier tour des différents buffets *à volonté* installés sur plusieurs niveaux. La Baltique était calme, et de toute façon, sur ces immenses paquebots, on ne sentait quasiment pas la houle.

Comme prévu, l'escale à Helsinki avait été brève, menée tambour battant, passionnante pour les uns, frustrante pour les autres, dont Juliette faisait partie. Elle se consolait en lisant des guides touristiques, allongée sur un transat, tandis que François courait partout, décidé à profiter de chaque divertissement offert. Il testait aussi les bars les uns après les autres, ravi d'avoir choisi la formule « boissons comprises » dans leurs billets. Son penchant pour les apéritifs, les petits ballons de blanc et les digestifs s'en trouvait ainsi comblé, mais, dès la mi-journée, son élocution s'en ressentait. Cette griserie permanente ne facilitait pas leur rapprochement, et l'idée d'une réconciliation s'éloignait à tire-d'aile.

Heureusement, le navire fendait les flots gris, et Saint-Pétersbourg approchait ! Juliette devenait nerveuse, impatiente d'accoster. Pour les deux jours et une nuit d'escale qui les attendaient, elle avait réservé, parmi les options proposées en supplément, une promenade en bateau sur la Neva. Inclus dans leur forfait, on trouvait un tour panoramique de la ville qui permettrait d'admirer les façades des palais et des cathédrales, une petite halte dans une boutique de souvenirs, un dîner dans un restaurant *typique,* suivi d'un ballet pour ceux qui le souhaitaient, et enfin, le lendemain matin, trois heures consacrées au musée de l'Ermitage avant d'appareiller. Trois heures ? Il en aurait fallu trente ! Bonne joueuse, Juliette s'apprêtait néanmoins à vivre des moments exceptionnels.

Le premier jour, tout se déroula comme prévu. Le car qui les conduisit dans le centre historique de la ville ne disposait pas de la climatisation, mais elle n'était pas nécessaire sous ce soleil d'hiver. La boutique ne recélait aucun trésor, toutefois, Juliette acheta des poupées russes et un samovar richement décoré, sans chercher à en connaître la provenance pour ne pas être déçue. De son côté, François ne fit aucune acquisition, jugeant la dépense superflue. Il se contentait de faire des photos avec son téléphone, dans le car comme dans la rue, et il mitraillait tellement qu'il ne pouvait rien admirer.

La promenade en bateau, intercalée dans le « temps libre » dont disposaient les passagers, plut énormément à Juliette et lui permit de découvrir, le long des canaux ou sur les rives de la Neva, les merveilles architecturales dont regorgeait Saint-Pétersbourg.

Le dîner fut composé des spécialités russes attendues avec d'abord une soupe à la betterave appelée bortsch, ensuite le fameux bœuf Stroganov arrosé d'un petit verre de vodka, et enfin d'épaisses crêpes au miel en dessert. Pour terminer cette longue journée, ceux qui avaient choisi l'option du ballet furent conduits dans un petit théâtre où ils purent assister à une démonstration de danses folkloriques.

Ce soir-là, François s'écroula, épuisé, dès qu'ils regagnèrent leur cabine. Mais Juliette mit longtemps à trouver le sommeil. Jusqu'ici, on ne leur avait montré de la Russie qu'une succession de clichés, épousant au plus près les idées toutes faites qu'un étranger pouvait avoir de ce pays de légende. Impossible, dans ces conditions, de percer le mystère d'une ville aussi fascinante, ainsi que les secrets de l'âme slave. Pour Juliette, qui avait succombé aux romans russes du XIXe en dévorant Dostoïevski, Gogol, Tolstoï et Tourgueniev, le manque était cruel. Cependant, elle mettait ses derniers espoirs dans la visite de l'Ermitage. Le lendemain serait, à n'en pas douter, un enchantement.

Avant de s'endormir, elle tendit la main vers François, caressa son épaule. Ici non plus, dans ce nouveau décor, ils n'avaient pas fait l'amour ni cherché à retendre le lien qui les unissait. Ou, plutôt, qui les avait unis. S'y décideraient-ils avant Tallin, avant le retour à Stockholm ? Et le jeu en valait-il encore la chandelle ?

*

* *

Le grand jour était enfin arrivé ! Au petit déjeuner, Juliette se montra souriante et enjouée. Mais François ne partageait pas son enthousiasme. Visiter les musées était moins distrayant pour lui que les promenades de la veille, et il aurait préféré rester sur le paquebot dont il n'avait pas épuisé tous les amusements. Néanmoins, il suivit Juliette en traînant les pieds et ils descendirent sur le quai où attendaient les cars.

Arrivés à l'Ermitage, un guide assez maussade se présenta et expliqua qu'il allait les conduire à travers les salles principales. Et, pour commencer, au rez-de-chaussée, l'Égypte antique. Juliette n'avait aucune envie de l'écouter, encore moins de le suivre, alors elle partit de son côté. Éblouie par la magnificence de l'escalier du Jourdain, elle l'emprunta aussitôt pour gagner le premier étage. Dans la salle Apollon, elle admira longuement les toiles du Caravage ; elle s'attarda dans les deux salles Rembrandt qui recélaient vingt-quatre peintures du maître ; dans la salle Léonard de Vinci, il n'y en avait que deux, de sublimes madones. Conquise par la beauté de tout ce qu'elle découvrait, Juliette remarquait aussi, au passage, les planchers faits de mosaïques en bois, les plafonds peints, les colonnes, les lustres suspendus, tous les meubles rares et authentiques qui emplissaient ce musée.

Très vite, elle perdit la notion du temps. Il y avait tant à voir ! De merveilles en chefs-d'œuvre, elle ne savait plus où donner de la tête. La peinture française, italienne, hollandaise, espagnole... Tout la ramenait à sa licence d'histoire de l'art, un diplôme qu'elle chérissait, bien qu'il ne lui ait pas servi à grand-chose pour trouver un métier.

Elle avait beau se dépêcher, passant de salle en salle, à chaque instant une toile exceptionnelle accrochait son regard. Elle ne prenait pas de notes, encore moins de photos, ne consultait pas sa montre : elle jouissait du spectacle.

*

* *

François était rentré avec les autres passagers, montant au hasard dans l'un des cars de leur croisière.

L'emploi du temps était minuté car le bateau devait impérativement appareiller à 15 heures.

Pour ces géants des mers, aucune souplesse n'était consentie par les capitaineries des ports.

Persuadé que Juliette avait pris un autre car, François pensait la retrouver dans la salle du restaurant ou dans leur cabine, mais elle n'y était pas. Il se mit à la chercher, vaguement contrarié. Sa manière de se pâmer, à peine arrivée à l'Ermitage, l'avait agacé. Pire encore, au lieu de rester avec le groupe pour suivre le guide, elle avait choisi de partir seule sans même le prévenir. Pour lui rendre la pareille, il décida d'aller déjeuner car il ne voulait pas rater le moment du départ. Voir l'équipage larguer les amarres, puis sentir le navire s'éloigner lentement du quai était assez impressionnant, et les passagers se pressaient le long des bastingages pour lancer de joyeux au revoir.

Il déjeuna donc à sa table préférée tout en se demandant ce que fabriquait Juliette. Ayant raté le service, elle allait devoir se contenter d'un des buffets dressés sur les ponts. Il mangea de bon appétit puis, tandis qu'il buvait son café, l'une des accompagnatrices chargées de les escorter durant les visites touristiques vint se présenter. Elle semblait inquiète et voulait savoir si Juliette était bien à bord.

À bord ? Oui, forcément, mais il avoua qu'il n'en était pas certain. Sourcils froncés, l'accompagnatrice consulta une liasse de documents qu'elle tenait contre elle.

— Pouvez-vous venir avec moi, monsieur ? Je crois que nous avons un problème…

Le ton qu'elle venait d'employer, empreint de gravité, alarma François, et il la suivit hors du restaurant sans oser l'interroger. Ils prirent un ascenseur qui les arrêta à un étage interdit au public, puis elle le conduisit jusqu'à une salle de contrôle où se trouvaient le directeur de la croisière et trois officiers aux épaulettes rayées d'or. Dans le fond de la pièce, plusieurs accompagnatrices étaient serrées les unes contre les autres avec des mines consternées.

— Il semble que le comptage des passagers n'ait pas été effectué correctement lors de la réintégration dans les cars, attaqua le directeur.

Désignant d'un geste accusateur les malheureuses jeunes femmes, il poursuivit :

— Et donc, il en manque un ! Selon nos vérifications, il doit s'agir de mademoiselle Juliette Lacour, votre compagne de voyage.

— Mais où est-elle ? lança François.

— Probablement égarée dans le musée de l'Ermitage.

— Quelle idiote !

Sans relever l'injure, le directeur se contenta de soupirer.

— Nous avons envoyé là-bas deux accompagnatrices, en taxi. Elles sont chargées de retrouver mademoiselle Lacour au plus vite. L'appareillage de notre navire ne peut pas être retardé et, quoi qu'il arrive, nous devrons larguer nos amarres à 15 heures précises, comme prévu.

Dépassé par ce qu'il venait d'apprendre, François garda le silence. Il fut reconduit jusqu'à sa cabine mais préféra se rendre aussitôt dans l'un des bars où il commanda un alcool fort.

*

* *

Juliette n'avait pris conscience de l'heure tardive que bien après le départ des cars. Elle avait quitté à regret mais en hâte le musée, s'était retrouvée seule à l'endroit du rassemblement. Aucun car n'était en vue, aucun passager.

Atterrée, Juliette s'était mise à marcher de long en large, prenant conscience qu'elle n'avait pas d'argent sur elle, que son passeport et son téléphone portable étaient restés à bord, et qu'elle ne parlait pas un mot de russe. Pire encore, le paquebot n'allait plus tarder à quitter Saint-Pétersbourg. Comment retrouver le port ? Et, d'ici peu, ce ne serait plus au port mais au consulat de France qu'elle devrait se rendre ! Bien entendu, François ne l'avait pas attendue, pas prévenue, sans doute même pas cherchée. Dans les salles où les photos étaient autorisées, il avait dû s'en donner à cœur joie, avant de repartir docilement avec les autres. Mais, à présent, il s'inquiétait forcément. Avait-il averti les responsables ?

L'inquiétude grandissait, la prenant à la gorge. Où s'était-elle tant attardée ? Devant des Velasquez, des Michel-Ange, des Goya ? Trois petites heures n'avaient pas suffi, évidemment... Maintenant, que faire ? Il ne restait que quarante minutes avant l'appareillage ! L'idée d'être abandonnée là était carrément sinistre. Quand elle se mit à frissonner, elle n'aurait pu dire si c'était de froid ou d'angoisse. Autour d'elle, les gens entraient et sortaient du musée, indifférents à son sort. Elle se mit à scruter désespérément les alentours, espérant apercevoir un visage familier. En vain. Consciente de l'urgence, elle jeta un coup d'œil à sa montre dont elle aurait voulu arrêter les aiguilles. Elle imagina le paquebot s'éloignant lentement vers le large. François était-il resté à bord ? Regrettait-il de ne pas s'être soucié d'elle ?

— Mademoiselle Lacour ! Mademoiselle Lacour !

Le cœur de Juliette parut rater un battement. Elle reconnut la jeune femme qui lui adressait de grands signes, debout à côté d'un taxi.

— Par ici ! Vite !

L'accompagnatrice la poussa sans ménagement dans le taxi qui démarra sur les chapeaux de roue.

*

* *

À bord, le bruit s'était répandu comme une traînée de poudre : on avait perdu une jeune femme, oubliée au musée ! Massés le long des bastingages, les passagers suivaient les manœuvres d'appareillage qui avaient commencé.

François était là, lui aussi, et sentait sur lui des regards de reproche ou de compassion, car tout le monde semblait savoir qu'il était le compagnon de Juliette. Le jugeait-on coupable de ne pas être avec elle ? La responsabilité incombait pourtant aux accompagnatrices, la faute venait d'elles, de leur façon de compter les gens dont elles avaient la charge. Dans le dernier car, il aurait dû y avoir vingt-huit personnes, or il n'y en avait que vingt-sept, d'après ce qu'il avait compris. Manquait Juliette, cette idiote, il ne regrettait pas d'avoir employé le terme !

Le quai était désert, nul taxi en vue, et les premières amarres étaient défaites. Une à une, les passerelles disparaissaient tandis que la sirène du bateau ne cessait de retentir. Un marin attendait au pied de l'unique passerelle encore en place, comme pour laisser un ultime espoir, jusqu'à la dernière minute. François entendit des cris, sentit un mouvement de foule autour de lui. Un taxi venait d'apparaître, fonçant le long du quai. Il s'arrêta dans un crissement de pneus, les deux accompagnatrices et Juliette en jaillirent pour se précipiter vers la passerelle où le marin leur tendait la main. L'émotion était à son comble, un tonnerre d'applaudissements se déchaîna pour accueillir les trois jeunes femmes, des chapeaux et des bonnets furent jetés en l'air alors que le navire s'éloignait enfin du quai.

Dans cette atmosphère de liesse, François se sentit obligé de sourire en rejoignant Juliette, mais il était très gêné d'être le point de mire.

— Tout est bien qui finit bien ! lui lança l'officier en second qui se tenait à côté de Juliette.

— Oui, c'était moins une, réussit-il à répondre.

Juliette était pâle, elle paraissait épuisée. Il la prit par le bras, annonçant à la cantonade qu'ils allaient s'offrir un verre pour se remettre.

— Je n'ai pas envie de boire, je veux m'allonger, murmura Juliette.

Ils gagnèrent ensemble leur cabine dont François ferma soigneusement la porte avant d'exploser :

— Tu es folle, ma parole ! Folle ou trop bête pour t'apercevoir que tu as failli gâcher cette croisière à force d'inconséquence !

— Gâché quoi ? Le bateau serait parti à l'heure, avec ou sans moi.

— Et tu aurais fait quoi, toute seule à Saint-Pétersbourg, hein ? Quelle écervelée ! En plus, il faut toujours que tu fasses ton intéressante, alors que je déteste ça. Arriver sous les bravos a dû te combler !

Elle le dévisageait, incrédule. Se redressant, sa fatigue oubliée, elle demanda :

— Est-ce que tu m'engueules parce que tu as eu peur pour moi ?

— Pas peur, non, honte ! Tu me fais passer pour qui ? À partir de maintenant, tout le monde va nous regarder comme des bêtes curieuses.

— Tu es très sensible au regard des autres, n'est-ce pas ? Mais, s'agissant de moi, ta sensibilité disparaît. Tu ne veux pas savoir ce que j'ai éprouvé, sans argent, sans téléphone, sans papiers, et sans que l'homme censé m'aimer ait daigné se soucier de moi ?

— Tu étais partie de ton côté !

— Et toi du tien. C'est le reflet de notre couple, François. Chacun pour soi.

— Tout ça parce que je ne partage pas ton goût pour la peinture ? railla-t-il d'un ton méprisant.

— En fait, nous ne partageons plus rien…

Elle le savait depuis longtemps, mais l'énoncer rendait les choses plus claires.

— Je profiterai de l'escale à Tallin pour prendre un avion et rentrer à Paris, déclara-t-elle calmement.

— Quoi ?

— J'ai vu Saint-Pétersbourg, c'était un beau cadeau, dont je te remercie. Mais là, je te vois, toi, injuste, râleur et agressif. Tu n'as pas eu un seul mot gentil, pas davantage aujourd'hui que depuis des mois. Sur ce bateau, tu profites et tu picoles, comme si je n'existais pas. Nous sommes devenus un couple médiocre qui s'ennuie. J'en viens à croire que notre rupture ne t'attristera pas, tu seras seulement vexé. J'ai envie d'autre chose, François. Je suis prête à donner, à condition de recevoir un peu en retour. Pour moi le voyage s'arrêtera à Tallin, je vais prévenir les autorités du bateau.

Il paraissait interloqué mais, ainsi qu'elle l'avait deviné, pas très ému. Il ne chercha pas à la retenir quand elle quitta la cabine, et elle en éprouva une bouffée de soulagement, comprenant qu'elle avait pris la bonne décision, car s'obstiner ne les conduisait plus nulle part.

Elle gagna l'un des ponts pour respirer l'air du large. Le paquebot remontait le golfe, les côtes russes s'éloignaient. De retour à Paris, elle allait commencer une nouvelle vie, et c'était comme si elle avait rajeuni d'un coup et se retrouvait à vingt ans, pleine d'espoirs et d'envies. À l'angoisse éprouvée un peu plus tôt se substituait à présent un sentiment d'allégresse qui lui donna envie de rire, ce qu'elle fit, le visage renversé vers le soleil d'hiver.

N'a-qu'un-œil

La petite fille vient d'entrer en CP. À l'époque, il s'agit de la 11e, mais c'est bien la classe où l'on apprend à lire. L'école, mixte, est tenue par des religieuses, mais les professeurs sont laïcs. Et, bien sûr, on les appelle encore des instituteurs.

Pupitres de bois avec bancs intégrés, trous pour les encriers qui sont vides car on n'a pas encore de stylo, rainures destinées aux crayons. Soizic, la petite fille, s'est mise d'emblée au dernier rang, à côté d'un garçon qu'elle a repéré dans la cour pendant l'appel, et qui lui paraît sympathique. Or tous les garçons ne le sont pas, par exemple son frère qui est une vraie brute. Mais celui-là semble calme, et quand il sourit il devient tout à fait craquant avec ce trou à la place de ses deux dents de devant. En plus, il a de beaux yeux, d'un bleu lumineux, alors que la petite Soizic n'a que des yeux marron, comme tant d'autres enfants, ce qui la désole.

Assise à côté de lui au fond de la classe, prise d'une soudaine timidité, elle ose à peine tourner la tête et ne l'observe qu'à la dérobée. C'est une drôle de sensation, jamais éprouvée, que cet élan inconnu qu'elle tente de réprimer. Le garçon s'appelle Dominique, elle se répète avec plaisir le prénom dans sa tête, et c'est pour arriver à l'écrire qu'elle apprend consciencieusement son alphabet. Mais pour discerner ce que la maîtresse inscrit au tableau, Soizic se lève et remonte l'allée afin de mieux voir, ensuite elle regagne sa place. Son manège finit par alerter l'enseignante qui ne dit rien, en bonne pédagogue, cependant, elle téléphone aux parents. Soizic a peut-être un problème de vue, le mieux serait de consulter un ophtalmo.

Dans la famille, c'est la stupeur. Soizic est une fillette risque-tout qui grimpe aux arbres, monte à poney, pédale comme une folle sur son vélo… Néanmoins, le rendez-vous est pris, dans ces années-là on ne discute pas les suggestions des instituteurs.

La semaine suivante, lors du contrôle dans le cabinet du praticien, Soizic essaie de lire les lettres qui s'affichent en noir sur le lointain tableau, et aussi de nommer les objets qui y sont représentés. On lui met d'étranges et lourdes lunettes devant les yeux, dont on change les verres un à un, œil gauche, œil droit. Quand l'épreuve est terminée, un conciliabule a lieu entre sa tante qui l'a accompagnée – ses parents étant toujours trop occupés – et l'ophtalmo. Comme Soizic s'ennuie, elle s'approche du fameux tableau, y découvre des choses qu'elle n'avait pas vues. Puis elle repart avec sa tante pour prendre l'autobus qui les ramènera chez elles. Soizic regarde par la fenêtre les rues qui défilent, les passants sur les trottoirs, dont certains promènent un chien. Et c'est justement l'un de ceux-là, un bel épagneul, qu'elle veut montrer à sa tante. Mais celle-ci ne sourit pas, son visage reste soucieux, elle a les yeux brillants comme si elle allait pleurer. Pourquoi ?

À la maison, un nouveau conciliabule se tient entre les adultes, ce dont Soizic ne se soucie pas, sommée par son frère de venir jouer aux dominos. Ce n'est qu'à l'heure du dîner, plus festif que de coutume, ce soir-là, avec une glace à la fraise en dessert, que sa tante est mandatée pour lui avouer la vérité. Soizic a un « petit » problème de vue. L'œil gauche est « un peu » myope, et le droit beaucoup plus puisqu'il ne distingue que… la lumière. Pour éviter une divergence entre les deux, il va falloir faire des exercices quotidiens, et, pour mieux voir, surtout en classe, porter des lunettes. Mais il en existe de ravissantes !

Des lunettes ? Soizic pense aussitôt à Dominique. Elle sera défigurée, affreuse. Bien entendu, on n'écoute pas ses protestations qui font sourire. Quelques jours plus tard, chez l'opticien du quartier, l'objet est prêt. Et il n'a rien de ravissant ! Son étui, avec Mickey dessiné dessus, ne suffit pas à rassurer Soizic. Elle met le tout dans son cartable en se promettant de ne jamais l'en sortir. Pour comble de malheur, son frère ne trouve rien de plus bête que de la surnommer « N'a-qu'un-œil » ! Il use et abuse de ce sobriquet dès que les adultes ont le dos tourné. Quant aux exercices prévus pour éviter le strabisme, ils consistent à cacher l'œil qui voit et, afin de faire travailler l'autre, agiter sous le nez de Soizic un objet qu'elle doit essayer de suivre du regard. Mais comme ces séances provoquent immanquablement des migraines, on finit par abandonner.

S'il n'y avait pas Dominique, Soizic se ficherait de toute cette histoire. Hélas, malheur de malheur, la maîtresse a décidé, lunettes ou pas, de placer désormais Soizic au premier rang. Elle en profite pour ne jamais porter la fichue monture, et il ne lui reste que les récréations pour tenter d'approcher le petit garçon qui la bouleverse. Dans ce but, elle multiplie les bêtises, voire les bagarres, pour se faire remarquer. Mais Dominique l'ignore, il ne joue qu'avec les autres garçons et n'a que faire des chamailleries de filles.

Pourtant, le pire reste à venir. La direction de l'école annonce que, dès la prochaine rentrée de septembre, l'établissement cessera d'être mixte et sera exclusivement réservé aux filles. La nouvelle tétanise Soizic. Dominique va disparaître de sa vie ? Elle ne pourra plus espérer croiser son regard, obtenir un sourire, chercher sa silhouette dans la cour ? Cette absence programmée la ronge, elle se sent déjà en manque. Alors elle prend son courage à deux mains, elle se lance et va lui demander l'heure puisqu'il a au poignet une jolie montre qui affiche Zorro sur son cadran. En lui répondant, il la regarde enfin, lui offre le sourire tant désiré et fait ainsi chavirer son cœur. Ce sera tout ce qu'elle obtiendra, l'heure des grandes vacances a déjà sonné.

*

* *

Au cours des années suivantes, Soizic quitte peu à peu l'enfance. Ses lunettes, qui semblent toujours dans leur état neuf, sont pourtant régulièrement changées. Sur leur étui, Mickey est remplacé par d'autres héros à la mode. Mais l'ensemble gît toujours au fond du cartable, au fond du sac à dos, au fond du sac à main. Le monde n'apparaît pas trouble à Soizic puisqu'elle l'a toujours vu ainsi. Et son surnom de « N'a-qu'un-œil » s'est nuancé d'affection dans la bouche de son frère. Les poneys ont été remplacés par des chevaux, la bicyclette par un grand vélo et, en classe, les additions par des théorèmes. Sa vision est stable, le strabisme à peine détectable, néanmoins, un problème qui se pose pour certaines activités est l'absence du relief. Quand on ne voit que d'un œil, il n'y a pas de vision binoculaire, tout est à plat, comme sur une photo. Soizic en prend conscience lorsqu'elle veut verser du jus de fruits dans un verre et qu'il tombe à côté, ou bien quand elle veut sauter un obstacle à cheval et qu'elle prend son élan une foulée trop tôt. Qu'à cela ne tienne, peu à peu s'est établi ce que l'ophtalmo appelle « le relief intellectuel », une expression qu'elle estime assez flatteuse.

Durant son adolescence, Soizic a parfois un petit coup de cœur pour tel ou tel jeune homme, mais rien de comparable à l'élan secret éprouvé à six ans pour Dominique. Rien d'aussi fort, d'aussi exaltant, d'aussi mystérieux. Comme elle ne peut pas revivre cette émotion d'enfance, Soizic attend celui qui sera capable de la bouleverser avec la même intensité. Et, bien sûr, il finit par arriver, du moins le croit-elle. Un premier amour longtemps espéré dans le secret de ses nuits de jeune fille, qui lui fait découvrir le flirt, l'étreinte maladroite, les rendez-vous clandestins. C'est follement excitant, mais pas au point de lui faire tout à fait oublier Dominique. Sauf que… Les années passant, il devient presque sacrilège de penser à un petit garçon. Soizic essaie parfois d'imaginer ce qu'il a pu devenir, comment il a grandi, à quoi il ressemble aujourd'hui. Mais c'est une idée fugace qui revient de moins en moins souvent. Et Soizic finit par comprendre que la nostalgie qu'elle éprouve est celle de sa propre enfance. Les tables du lycée ont remplacé les bancs de l'école, les chaussettes en tire-bouchon sont désormais des collants galbés. Arrive l'âge du permis de conduire, que Soizic est impatiente de passer. Elle prend des leçons, remplit les papiers nécessaires et, quand le jour de l'examen arrive, elle se décide à extirper les lunettes de son sac. Choqué, son moniteur, qui ne l'a jamais vue ainsi, lui indique en hâte qu'il est impossible de les porter puisqu'elles ne figurent pas sur sa photo d'identité ! Reste à prier pour que l'inspecteur ne lui demande pas de lire une lointaine plaque d'immatriculation. Car, à l'époque, le code se passe dans la voiture, en quelques questions. Celle qui sera posée à Soizic ne va heureusement pas impliquer sa vue.

— Vous arrivez rapidement vers un passage protégé. Une femme avec une poussette traverse, il y a aussi un vieux monsieur avec un chien. Que choisissez-vous ?

Le piège est trop gros, Soizic n'y tombe pas, elle répond par la phrase voulue qu'elle ânonne, en bonne élève :

— Je dois toujours rester maître de mon véhicule.

Et voilà, elle obtient sans mal le précieux papier rose. Elle peut enfin s'élancer sur les routes avec la voiture d'occasion financée par sa famille. Elle a dix-huit ans tout juste, la vie devant elle et l'envie d'en profiter à fond. Conduire lui plaît énormément même si le paysage reste à plat. Pour cette perception des distances qu'elle ne possède pas, il y a toujours des arbres ou des maisons qui servent de repères, et son « relief intellectuel » fonctionne bien, sauf la nuit, évidemment.

Quelques amourettes se succèdent alors, petits bonheurs et petits drames, trois ans sur les bancs de la fac de lettres à fréquenter les maîtres de la littérature ainsi que des étudiants ressemblant le plus souvent à des poètes maudits. Aucun vrai coup de cœur, rien que des copains. Enfin, il faut bien songer à intégrer le monde du travail, comme tout un chacun, et par chance, Soizic décroche un poste dans une maison d'édition. Très vite, elle s'épanouit dans son métier, se fait des amis, sort beaucoup. Les lunettes n'ont pas trouvé place sur son bureau, elles demeurent près du levier de vitesses de la voiture, unique concession de Soizic à la sécurité routière, car le verre gauche corrige la myopie tandis que le droit se contente de faire de la figuration.

Mais qu'importe ! La route vers des week-ends à la campagne reste belle, et Soizic s'amuse toujours au volant. C'est lors d'une de ces escapades chez des amis qu'elle fait la connaissance de Lionel. Un véritable coup de foudre qui la tétanise. Elle le sait immédiatement, c'est la rencontre qu'elle espérait, qu'elle attendait. Lionel a le même âge qu'elle, vingt-sept ans, et il est journaliste. Ensemble, ils parlent des derniers livres qu'ils ont lus, des musiques qu'ils aiment, des pays qu'ils voudraient visiter, et ils se découvrent de nombreux points communs.

Les semaines suivantes, ils se revoient à plusieurs reprises, apprennent à se connaître en se livrant peu à peu. Ils prennent leur temps pour profiter du plaisir de cette découverte réciproque. Ils vont écouter du jazz dans des caves, boivent des bières aux terrasses des bistrots, choisissent ensemble le film qu'ils veulent voir. Soizic, fidèle à elle-même, ne met jamais ses lunettes quand elle est avec lui, elle les a désormais cachées dans la boîte à gants de sa voiture. Lorsqu'elle présente Lionel à son frère et que celui-ci, par habitude ou par mégarde, use gentiment du surnom de leur enfance, Lionel demande l'origine de cet étrange « N'a-qu'un-œil ». Comprenant aussitôt sa maladresse, le frère de Soizic livre une explication si embrouillée qu'elle choisit d'avouer la vérité. Le faire est pour elle une marque de confiance, une preuve d'amour.

Lionel est primesautier, charmeur, cultivé. Il entoure Soizic d'attentions, il sait la surprendre et la faire rire. Leur relation devient sérieuse lorsqu'à son tour il présente la jeune femme à ses parents, à ses deux sœurs et à son meilleur ami, Nick. Sans doute a-t-il besoin de leur approbation pour ce qu'il s'apprête à faire et qu'il veut préparer avec soin. Il a compris que sous son allure indépendante et sportive Soizic cache une âme romantique, un reste d'enfance. Alors il lui offre la plus belle des demandes en mariage lors d'un dîner aux chandelles, mettant un genou en terre comme un prince le ferait dans un conte de fées, et il lui tend un écrin ouvert. La bague est magnifique, elle a dû coûter une fortune ! Très émue, Soizic s'en émerveille, la glisse à son doigt et s'extasie devant la beauté de cet imposant diamant. Lionel murmure alors que, puisqu'elle est un peu myope, il tenait à ce qu'elle le voie bien. Dans un éclat de rire, mais contenant ses larmes, Soizic se jette dans ses bras.

Les préparatifs du mariage réunissent les deux familles lors d'un repas très chaleureux où tout le monde sympathise. Le frère de Soizic promet solennellement de ne plus jamais utiliser le méchant surnom, et il lui propose d'être son témoin. Lionel, pour ne pas créer de jalousie entre ses sœurs, prendra pour sa part son ami Nick. La tante de Soizic, excellente couturière, offre de réaliser la robe de la mariée. Et ce, dans le plus grand secret, car Lionel ne doit pas la découvrir avant la cérémonie.

Soizic est sur un petit nuage. Elle a oublié ses premiers flirts et ses premières aventures, entièrement tendue vers un avenir qui s'annonce radieux. D'ailleurs, en attendant le grand jour, les fiancés commencent à chercher un appartement. Jusqu'alors, ils habitaient chacun un studio et dormaient chez l'un ou chez l'autre, mais l'heure est venue de partager le quotidien et de mettre leurs vies en commun.

Un soir où ils ont invité Nick à dîner, celui-ci leur signale un beau trois-pièces qui vient de se libérer dans son quartier. Chez un commerçant, il a vu l'annonce qui propose ce soixante-quinze mètres carrés refait à neuf, avec balcon, pour un loyer très intéressant.

— Tu serais à deux pas de ta maison d'édition, dit-il à Soizic, et Lionel pas loin de son journal. J'ai relevé le numéro, vous devriez les appeler demain matin. À mon avis, ils auront beaucoup de demandes, mais comme vous avez deux situations stables…

— Ce serait formidable ! s'exclame Soizic. Si ça marche, tu nous auras épargné de longues recherches. Merci, Nicolas.

Elle ne le connaît pas depuis assez longtemps pour l'appeler par son diminutif, et depuis l'affreux « N'a-qu'un-œil », elle n'aime plus les surnoms.

— Nicolas ? répète-t-il d'un air surpris.

Lionel s'amuse de cette erreur et précise :

— Nick s'appelle Dominique, ma chérie.

Bouche bée, Soizic le dévisage avec une soudaine attention. À force de ne regarder que Lionel, elle n'a pas fait attention à ses yeux d'un bleu lumineux, à sa façon de sourire. Serait-il possible que…

— Dans quelle école étais-tu en primaire ?

La question paraît incongrue, mais Nick répond qu'il en a fréquenté deux. Dans la première, dont il donne le nom, il n'est resté qu'un an.

— Parce qu'ensuite, l'école n'était plus mixte, n'est-ce pas ? lâche-t-elle dans un souffle.

Elle n'attend pas qu'il acquiesce, elle a compris. Et tout lui revient d'un coup, avec une précision inouïe. Le fond de la classe, les pupitres, la cour de récréation, et ce courage qu'il lui avait fallu pour oser demander l'heure au petit garçon qui faisait battre son cœur.

— Il y avait Zorro sur le cadran de ta montre, ajoute-t-elle.

Cette fois, c'est Nick qui reste stupéfait.

— Oui, mais…

Il hésite, cherche en vain dans ses souvenirs.

— Au début de l'année, nous étions assis côte à côte, insiste-t-elle.

— Ah bon ? Comment peux-tu te rappeler un truc pareil ?

Que répondre ? Qu'il a beaucoup compté pour elle et qu'il l'a longtemps hantée ?

— J'ai une très bonne mémoire, dit-elle seulement. Il te manquait deux dents.

Nick hurle de rire et tape gentiment sur l'épaule de Soizic. Un geste qui n'a plus aucune importance aujourd'hui, elle s'en aperçoit avec soulagement. Et c'est sans le moindre regret qu'elle referme enfin la page de son enfance.

Un faire-valoir

Claire s'était sentie obligée d'accepter. Son père le lui avait demandé avec gentillesse et diplomatie, certes, mais fermement. Pour lui, l'enjeu était de taille, car il dépendait de la bonne volonté de sa supérieure hiérarchique. Celle-ci était numéro deux dans l'entreprise où il travaillait, et il comptait sur son appui pour obtenir la promotion qu'il visait. En conséquence, puisque leurs filles respectives se connaissaient, étant dans la même promotion en fac de droit, l'important était de consolider cette amitié naissante afin d'établir un rapprochement entre les familles. Or Claire avait été invitée par Julia à passer quelques jours dans le Midi. Une proposition inattendue, que l'insistance de son père rendait plus surprenante encore. Il s'en était expliqué, d'un ton grave.

— Pour remercier les parents de Julia du séjour qu'ils t'offrent, dès la rentrée nous pourrons les convier à dîner. Rien de mieux qu'un moment convivial partagé hors du cadre professionnel. Si nous parvenons à tisser des liens, ce sera très bénéfique pour mon avenir. Comprends-tu ?

Ses arguments avaient laissé Claire dubitative, mais elle s'était inclinée de bonne grâce. Après tout, à en croire ce que racontait Julia, la propriété de ses parents, située sur les hauteurs de Nice, semblait un véritable paradis. Au programme : la plage à longueur de journée, et des repas aux chandelles dans le jardin tous les soirs. Peut-être même quelques sorties nocturnes si la mère de Julia acceptait de prêter sa voiture. En somme, des vacances de rêve ! Sauf que… Julia était une jeune fille de rêve elle aussi. Belle, grande, élancée, possédant de l'humour et de la repartie, toujours habillée à la pointe de la mode, maquillant avec un art consommé ses grands yeux bleus bordés de longs cils, elle affichait volontiers un petit sourire moqueur qui dévoilait ses dents parfaites. À côté d'elle, toutes les filles avaient l'air d'un faire-valoir. Mais Claire ne comptait pas jouer ce rôle. Si elle ne bénéficiait pas du physique remarquable de Julia, elle était petite et bien faite, plutôt mignonne avec son visage de chat, son regard sombre et pénétrant, ses boucles brunes en cascade. Et ce qu'on distinguait de prime abord en la rencontrant était sa gentillesse naturelle et sa spontanéité qui en faisaient une excellente camarade, appréciée sans être jalousée. Lorsqu'on la connaissait mieux, on découvrait qu'elle avait aussi un solide caractère.

Malgré ses réticences, elle avait bouclé sa valise, prête à profiter du séjour au soleil.

*

* *

Julia n'avait pas eu besoin d'enjoliver la réalité, la propriété de ses parents était somptueuse. Une maison d'architecte flanquée de pins parasols et entourée d'un jardin où poussaient de la lavande et du mimosa. Devant les larges baies vitrées, une vue imprenable sur la Méditerranée en contrebas.

Accueillie avec bienveillance, Claire avait été installée dans une jolie chambre disposant de sa propre salle d'eau équipée d'une douche à l'italienne. Tout ce luxe était dû au père de Julia, un chirurgien plasticien en vogue. C'était un homme un peu distant, mais courtois, qui n'apparaissait qu'au moment des repas.

— Ma mère pourrait se dispenser de travailler, avait confié Julia, mais elle a toujours refusé le statut de femme au foyer. Du coup, ils sont tous les deux mobilisés par leurs carrières et je les vois peu. En échange, je dois reconnaître qu'ils me passent tous mes caprices !

Elle en riait, insouciante, ravie d'être une enfant gâtée. Dans la famille de Claire, on ne vivait pas de la même manière. Moins d'argent, mais beaucoup de temps passé ensemble, d'affection réciproque et de règles de vie. Chez elle, Claire partageait la salle de bains avec ses deux frères, et sa chambre donnait sur une cour, cependant elle ne manquait de rien, et surtout pas d'amour.

Dès le premier jour, Julia exigea de descendre avec Claire sur la plage privée où elle avait ses habitudes l'été. Sa mère les y conduisit volontiers, paya la location de deux transats avec deux parasols, et laissa quelques billets à sa fille pour le déjeuner.

— Tu vas voir, lança Julia, je connais presque tout le monde ! Ici, nous sommes au bon endroit, c'est la plage où il faut être vue…

Et, en effet, des jeunes gens lui adressaient déjà des signes de bienvenue. Des privilégiés, comme elle, appartenant sans doute à des familles aisées. Suivie de Claire et précédée du serveur, Julia s'arrêta plusieurs fois pour échanger quelques mots avec les uns ou les autres, avant d'arriver enfin devant les deux transats qu'on leur avait attribués. Avec des gestes très étudiés, parce qu'elle se savait regardée, elle enleva son tee-shirt puis son short. Le maillot de bain minuscule qu'elle portait ne cachait pas grand-chose de sa silhouette sculpturale. Claire se déshabilla vite, vaguement embarrassée d'avoir à exhiber un deux-pièces assez banal.

Durant un moment, elles se contentèrent de bronzer, enduites de crème solaire, mais il faisait déjà très chaud et Julia suggéra d'aller à l'eau. En y entrant, Claire fut surprise par les galets dans lesquels on s'enfonçait jusqu'aux genoux, mais rapidement elle n'eut plus pied et retrouva son assurance. Excellente nageuse, elle avait même récupéré des points à la piscine lors des épreuves du bac. De son côté, Julia se contentait de barboter en souriant et en prenant soin de ne pas mouiller ses cheveux. Claire, au contraire, s'amusait sous l'eau à observer le fond marin, puis elle se défoulait en crawlant sur une bonne distance. Lorsqu'elle se décida à regagner la plage, Julia l'attendait avec impatience pour monter jusqu'au restaurant où une table leur était réservée. Comme elle n'avait pas le temps de se sécher, Claire garda son maillot et ses cheveux mouillés.

Le repas, composé de melon, de poisson grillé, et accompagné d'un verre de rosé bien frais, fut léger, mais délicieux. Julia, qui surveillait sa ligne, suggéra de ne pas prendre de dessert. Tandis qu'elles sirotaient leurs cafés, des jeunes gens s'arrêtèrent à leur table, et l'un d'entre eux proposa à Julia un tour de ski nautique.

— Désolé, dit-il à Claire avec un petit sourire d'excuse, il ne reste qu'une seule place sur le bateau.

— Ça ne t'ennuie pas, tu es sûre ? s'enquit Julia qui était déjà debout.

— Pas du tout ! D'ailleurs, je ne sais pas en faire…

Ses derniers mots se perdirent dans le joyeux chahut du petit groupe qui s'éloignait. Claire se félicita d'avoir pensé à apporter un livre dans son sac de plage, et elle regagna son transat. Elle n'était pas vexée, n'ayant aucune envie de se ridiculiser à gigoter au bout d'une corde sans parvenir à sortir de l'eau, mais elle ne pouvait ignorer qu'on venait de la traiter comme quantité négligeable. Peut-être était-ce normal, puisqu'elle ne connaissait aucun de ces jeunes, contrairement à Julia qui les fréquentait chaque été.

Elle régla son parasol de façon à avoir la tête à l'ombre et le corps au soleil pour bronzer. Après quelques pages de lecture, elle s'endormit.

Le réveil fut brutal. Aspergée d'un liquide glacial, elle bondit hors du transat, furieuse, et se retrouva nez à nez avec un garçon qui se confondit aussitôt en excuses, apparemment navré d'avoir trébuché et renversé sur elle son plateau, lequel contenait un grand verre de soda plein de glaçons et deux bières bien fraîches.

— Je suis vraiment confus, répéta-t-il à plusieurs reprises.

Il semblait sincère, et très désireux de se faire pardonner.

— Vous avez de quoi vous changer ? Sinon, mieux vaut aller vous baigner, j'ai peur que la bière ne tache votre maillot…

— Ça tache et ça colle ! répliqua-t-elle vertement.

Il la suivit tandis qu'elle gagnait le rivage et entrait dans l'eau. Sans se soucier de lui, elle s'éloigna vers le large de son crawl énergique, pressée de prendre ses distances avec l'humiliation qu'elle venait de subir. Mais lorsqu'elle fit enfin demi-tour, apaisée, elle s'aperçut que le garçon était toujours là, juste derrière elle. Ils regagnèrent alors la plage côte à côte, nageant au même rythme. Lorsqu'ils prirent pied sur les galets, il proposa de lui offrir un verre. Amusée par l'insistance de ses excuses réitérées qui n'en finissaient pas, elle accepta. Au bar du restaurant, ils s'installèrent sur de hauts tabourets pour commander des cocktails de fruits. Le garçon s'appelait Louis, avait vingt-quatre ans et venait d'achever sa cinquième année de médecine. Ce fut seulement en buvant sa dernière gorgée que Claire s'avisa qu'il était plutôt séduisant, voire *très* séduisant.

— J'aurais dû changer de plage, comme j'en avais l'intention, déclara-t-il. Ça m'aurait évité de renverser malencontreusement ce plateau. En revanche, je n'aurais pas eu la chance de vous rencontrer…

— Pourquoi changer de plage ? voulut-elle savoir tout en ignorant le compliment.

— Parce qu'ici, mais je ne parle pas pour vous, il n'y a que des filles qui rêvent d'être mannequins ou de faire de la télé-réalité. Personne ne nage, tout le monde parade pour avoir de belles photos à poster sur les réseaux sociaux. C'est assez pathétique !

Claire réprima un sourire. Le constat était juste, Julia elle-même songeait au mannequinat et semblait beaucoup plus préoccupée de son image que de sa réussite aux examens de droit.

— Demain, j'irai ailleurs, décida-t-il. Mais avant... si nous échangions nos numéros ?

Tandis qu'ils pianotaient sur leurs téléphones respectifs, Julia les rejoignit, entourée de sa petite bande de copains.

— Tu m'as vue ? lança-t-elle à Claire d'un ton triomphant.

— Tu t'en es vraiment bien tirée ! approuva l'un des garçons qui ne cachait pas son admiration.

— Pardon, je m'étais assoupie, s'excusa Claire. Louis profita de l'échange pour quitter son tabouret et s'éloigner discrètement, mais Julia le suivit des yeux.

Tu connaissais Louis ? s'étonna-t-elle.

— Non, pas avant aujourd'hui. En fait, il m'a...

— Méfie-toi de lui, la coupa sèchement Julia, c'est un type très arrogant qui snobe tout le monde.

— Ah bon ?

— Il t'a demandé ton numéro ? insista-t-elle en désignant le téléphone que Claire avait encore en main. Ne te fais aucune illusion, ma chérie, il ne t'appellera jamais, nous ne sommes pas assez bien pour lui !

Nous ? Julia aurait-elle été ignorée par ce garçon, elle qui se targuait de susciter tous les regards ? Si elle l'avait été, elle considérait donc que Claire le serait fatalement.

— Il est déjà tard, maman doit nous attendre pour rentrer, conclut Julia.

Elles allèrent récupérer leurs affaires avant de remonter vers la promenade des Anglais.

*

*   *

Le reste du séjour se déroula de la même manière. Julia partageait ses déjeuners et ses séances de bronzage avec Claire, mais pas les activités nautiques au sein de sa bande.

Louis n'avait pas donné signe de vie, et Claire n'avait aucune intention de l'appeler. La mise en garde de Julia au sujet de ce jeune homme qui snobait tout le monde lui suffisait pour ne pas donner suite. Elle s'estimait déjà un peu négligée et ne tenait pas à être, de surcroît, méprisée. Au moins, le soir, les parents de Julia se montraient très aimables avec elle, ravis que leur fille ait pour amie une étudiante brillante, car Claire obtenait d'excellents résultats. Sans doute espéraient-ils que, par émulation, Julia se mette enfin à travailler.

Quand Claire se demandait pourquoi, en réalité, Julia l'avait invitée, elle finissait par comprendre que, comme prévu et à son corps défendant, elle tenait bien le rôle de faire-valoir. Que ce soit à leur table au restaurant ou sur la plage, la comparaison entre les deux filles était forcément à l'avantage de Julia. Et celle-ci ne voulait pas être seule sur son transat, seule en arrivant et en repartant. Elle aurait pu se joindre à sa petite bande de copains, mais sûrement préférait-elle se faire désirer et rester au-dessus de la mêlée. Sans oublier l'approbation de ses parents pour son amitié avec une fille sérieuse.

Par ailleurs, Julia n'était pas désagréable. Égoïste et narcissique, bien sûr, mais aussi pleine de fantaisie et aimant s'amuser. Le soir, une fois ses parents partis se coucher, elle allait chercher une bonne bouteille et racontait toutes sortes d'anecdotes désopilantes, provoquant de vrais moments de complicité.

En somme, le bilan du séjour, dont Claire revint toute bronzée, était plutôt positif. Ce qui provoqua, dès le mois de septembre, l'inévitable dîner dont avait rêvé son père.

*

* *

Pour recevoir les parents de Julia, la mère de Claire avait mis les petits plats dans les grands. L'ambiance fut rapidement détendue, et en fin de repas quelques plaisanteries commencèrent même à être échangées. Claire en profita pour entraîner Julia à la cuisine et lui confier que le fameux Louis lui avait envoyé un texto.

— Il m'invite à boire un verre un de ces soirs, qu'en penses-tu ?

— Rien de bon. N'y va pas, ce mec n'est pas fréquentable. Parce qu'il est séduisant, il se croit tout permis. Si tu savais le nombre de filles qu'il a traitées de haut !

Se souvenant de l'opinion du jeune homme au sujet des jeunes qui fréquentaient les plages de Nice les plus à la mode, Claire eut envie de rire, mais n'en fit rien. Elle eut aussi quelques doutes quant à l'impartialité de Julia, et elle décida qu'elle se ferait son idée elle-même en acceptant ce verre. Mais elle ne dit rien pour ne pas braquer son amie qui supportait mal la contradiction.

— Le mois prochain, annonça Julia, j'organise une fête pour mon anniversaire. Les parents m'ont donné carte blanche, alors ce sera magnifique ! Bien entendu, tu es des nôtres. L'occasion pour toi de rencontrer des gens bien au lieu de perdre ton temps avec ce Louis prétentieux.

Décidément, elle insistait trop pour ne pas avoir une raison personnelle de le détester. Claire acquit la conviction que Julia avait fait partie de ces filles « traitées de haut », ce qui ne devait jamais lui arriver. Elles regagnèrent le séjour où les parents de Julia prenaient congé de leurs hôtes. La porte à peine refermée, le père de Claire lui adressa un clin d'œil réjoui et vint l'embrasser.

— Grâce à toi, ma chérie, ma promotion est en bonne voie, lui dit-il à l'oreille.

Ainsi, le séjour niçois n'avait pas servi qu'à bronzer, et Claire eut le sentiment du devoir accompli.

*
* *

Le verre proposé – et accepté – fut un moment très sympathique, suivi d'un agréable dîner, puis d'un autre quelques jours plus tard. Louis se révélait un interlocuteur charmant. Vif d'esprit, cultivé, drôle, il était prévenant et absolument pas hautain. La médecine était pour lui une vocation, il en parlait très bien, mais il posait aussi beaucoup de questions à Claire sur ses études de droit et sur le métier qu'elle envisageait pour son avenir.

Ils prirent vite l'habitude de se voir deux ou trois fois par semaine, d'aller au cinéma ou au théâtre, de se promener main dans la main. Ainsi, quand vint le soir prévu pour la fête d'anniversaire de Julia, Claire proposa à Louis de l'accompagner. Elle le fit en connaissance de cause et malgré le déplaisir que pourrait en éprouver Julia. Car elle n'avait pas digéré une petite phrase insidieuse de son amie, prononcée quelques jours plus tôt avec désinvolture :

« Viens avec un de tes copains si tu veux, mais tu trouveras forcément mieux chez moi, alors ne rate pas ta chance ! » Pour Claire, ces mots-là avaient été ceux de trop.

Ce fut donc escortée d'un Louis élégant et souriant qu'elle fit une entrée remarquée chez Julia. Celle-ci, au premier regard, parut saisie. Claire vint vers elle, l'embrassa, lui souhaita un bon anniversaire et lui remit son cadeau avant d'ajouter :

— Tu connais Louis, je crois ?

L'une de leurs camarades de fac, qui se trouvait à proximité et semblait avoir déjà bien bu, lança à Claire d'un ton envieux :

— Eh ben dis donc ! T'as pas choisi le plus moche !

Dépitée, Julia parvint à esquisser un sourire contraint avant de leur tourner le dos, apparemment décidée à les ignorer.

— Quel accueil ! s'amusa Louis. Je crois que je ne suis pas le bienvenu.

— Il y a un contentieux entre vous ? demanda Claire qui voulait en avoir le cœur net.

— Rien d'important. L'année dernière, j'ai ignoré ses tentatives de drague, un soir dans une boîte de nuit. Je ne voulais pas la vexer, mais elle n'est pas du tout mon genre…

— C'est quoi, ton genre ?

— Toi, évidemment ! Je l'ai su dès la première seconde, en voyant ces glaçons atterrir sur ton nombril, juste avant que tu jaillisses de ton transat comme une furie.

Ils éclatèrent de rire, puis Louis, d'un geste tendre, prit Claire par la taille.

— Et si je t'emmenais plutôt manger une pizza ? Cette soirée non plus n'est pas mon genre.

Claire n'hésita qu'un instant avant d'acquiescer. Louis n'était jamais méprisant, il le lui prouvait à chacun de leurs rendez-vous. En revanche, Julia l'était et, trop occupée à vouloir être sur le devant de la scène, elle n'avait aucun sens de l'amitié. Ni de l'observation, d'ailleurs, pour avoir cru que Claire se contenterait du rôle de faire-valoir.

La fête battait son plein, néanmoins leur départ ne passa pas inaperçu, car ils formaient un très beau couple d'amoureux. En sortant, Claire eut une pensée pour son père, qui avait obtenu sa promotion trois jours plus tôt. Satisfaite, elle estima que, désormais, tout était pour le mieux.

La binette

Le dos douloureux, Paul reprenait son souffle, appuyé sur le manche de sa binette. Les mauvaises herbes prospéraient partout, poussaient sans gêne entre les graviers, parvenaient même à s'infiltrer dans la moindre fente de ciment sur la terrasse. Leur luxuriance était à comparer avec certaines jolies fleurs, entretenues avec amour, et qui parfois s'étiolaient malgré tout. Mais les fleurs n'étaient pas la préoccupation de Paul, puisque c'était sa femme, Clémentine, qui s'en occupait.

Ils adoraient leur jardin, qui avait emporté la décision lors de l'achat de la maison. Et Dieu sait qu'ils avaient multiplié les visites ! Des pavillons, des corps de ferme ou des chaumières, avec des jardins trop petits, trop grands ou trop mal plantés. Ici, en revanche, le coup de cœur avait été immédiat et partagé. La maison était une longère assez modeste mais accueillante, dont ils avaient fait un foyer confortable, tandis que le fameux jardin s'était révélé le paradis de Clémentine. Du début du printemps jusqu'aux roses de Noël, des fleurs s'y épanouissaient, et les légumes poussaient dans le potager. Malheureusement, le chiendent aussi.

Les premières années, Paul avait traité ces indésirables avec du désherbant. Son pulvérisateur accroché dans le dos, il répandait généreusement le produit, deux ou trois fois par saison, et les allées restaient impeccables. Mais au fil du temps, Clémentine s'en était alarmée. D'après elle, empoisonner la terre était une mauvaise action.

Paul comprenait, et d'ailleurs approuvait, les inquiétudes de sa femme. Il avait salué son sens des responsabilités lorsqu'elle avait commencé le tri sélectif, ce qui avait encombré la cuisine de deux poubelles distinctes : la jaune, la noire. Depuis, il avait un peu de mal à s'y retrouver, la main indécise au-dessus, ne sachant plus si la boîte de thon à l'huile vide allait dans l'une ou dans l'autre. « Tous les emballages », lui répétait-elle. D'accord, mais, ceux avec du plastique ou un résidu alimentaire aussi ?

Dans le même temps, ils s'étaient mis à conserver les bouteilles en verre, de jus de fruits ou de vin, et Paul devait aller au bout du village pour les déposer dans le container prévu à cet effet. Quand leurs enfants et petits-enfants faisaient un séjour chez eux, le chargement était lourd. D'autant plus que Clémentine lui suggérait d'y aller à pied, prendre la voiture pour un si petit trajet n'étant pas nécessaire. Sauf que ce n'était pas elle qui les portait ! Et Paul, l'âge avançant, commençait à souffrir de rhumatismes.

Une autre difficulté consistait à ne pas se tromper avec le calendrier complexe du passage des éboueurs. La poubelle noire se sortait chaque mercredi, et la jaune un mercredi sur deux. Quand elles se trouvaient ensemble sur le trottoir, elles n'étaient pas ramassées à la même heure. Par ailleurs, un jour férié dans la semaine décalait tout ce programme de vingt-quatre heures. Un vrai casse-tête ! Quant aux déchets végétaux, ils n'étaient tout simplement pas prévus, à chacun de s'arranger avec. Comme on n'avait plus le droit de les brûler, par arrêté préfectoral, il fallait les emporter à la déchetterie, à condition d'en avoir la carte d'accès, délivrée par la mairie, et bien entendu de posséder une remorque, et donc un crochet d'attelage sur sa voiture. Toutes ces contraintes assombrissaient l'humeur de Paul, tandis que Clémentine se réjouissait d'une prise de conscience « citoyenne » pour l'avenir de la planète. Après un long soupir, Paul se décida à reprendre son labeur. Gratter à la binette, se pencher pour ramasser le tas de mauvaises herbes durement arrachées et les jeter dans la brouette, puis recommencer. D'ici une heure ou deux, l'allée serait nette, mais jusqu'à quand ?

— Dépêche-toi de finir, mon chéri, ils vont arriver !

En surgissant derrière lui, Clémentine l'avait fait sursauter. Il se retourna pour lui sourire et la découvrit déjà apprêtée. Elle faisait toujours un effort vestimentaire quand leurs enfants venaient en visite, ajoutait même une touche de rouge à lèvres – certifié contenir au moins quatre-vingt-dix pour cent d'ingrédients d'origine naturelle.

— Et change de chemise, ajouta-t-elle en fronçant les sourcils.

Elle prenait soin de lui, veillait à la bonne tenue de la maison et préparait même de délicieux gratins de légumes. Sans doute Paul aurait-il apprécié une côte de bœuf de temps à autre, mais il ne se plaignait pas. Sauf…

Sauf lorsqu'elle avait émis l'idée d'agrandir leur potager. Bien sûr, les pommes de terre ou les salades cultivées à la maison étaient non seulement délicieuses et parfaitement saines, mais les mauvaises herbes ne boudaient pas non plus le potager. Et Paul finissait par prendre sa binette en horreur. Pourquoi ne pas acheter au marché, où d'excellents producteurs locaux étalaient leurs récoltes ? Nul besoin de vivre en autarcie, on n'était pas en temps de guerre !

Il gagna la maison, se lava les mains puis enfila une chemise propre. Après une hésitation, il changea de chaussures, décidé à se montrer, lui aussi, sous son meilleur jour. Tandis qu'il nouait ses lacets, un joyeux coup de klaxon annonça l'arrivée de leur fils aîné, Antoine, avec sa femme et ses enfants. Ceux-ci jaillirent de la voiture à peine arrêtée pour sauter au cou de leurs grands-parents.

— Waouh, c'est beau ! s'exclama le cadet en découvrant le jardin plein de fleurs.

Clémentine reçut le compliment avec un grand sourire. Puis, pendant que les petits commençaient à gambader, Antoine fit discrètement signe à son père de le rejoindre. Dans le coffre de la voiture, dissimulé sous une couverture, il désigna un bidon dont l'étiquette avait été arrachée.

— Arrête de te crever sur les plates-bandes et les allées, chuchota-t-il. J'ai eu ce produit par un copain qui m'a garanti son efficacité. Tu n'auras qu'à le pulvériser quand maman partira faire des courses.

Les deux hommes échangèrent un sourire complice. Antoine se souciait peu d'écologie et ne prêtait qu'une oreille distraite aux discours de sa mère. Il se saisit du bidon et alla le porter dans l'abri où se rangeaient les outils de jardinage.

— Je le planque là, dit-il en poussant le bidon derrière de vieux pots de peinture.

— Viens, maintenant, mon grand, c'est l'heure de l'apéritif. Ta mère nous a préparé des allumettes au fromage, et j'espère que les enfants nous en laisseront !

Alors qu'ils quittaient l'abri, Antoine s'arrêta net, la tête levée vers le toit de la maison.

— C'est quoi, ça ?

Il venait de découvrir les panneaux photovoltaïques installés une semaine plus tôt.

— Un moyen de faire des économies d'énergie, répondit son père avec une grimace.

— Quel dommage pour la maison ! Elle était jolie, avant, avec ses petites tuiles anciennes...

Antoine semblait contrarié et déçu. Haussant les épaules, il entraîna son père vers la terrasse où Clémentine servait aux enfants un jus de fruits de sa composition. Paul prit la bouteille de champagne dans le seau plein de glaçons et emplit les flûtes tandis que Clémentine précisait fièrement :

— Un blanc de blancs, nature, boisé et minéral, que vous allez apprécier !

— Nature ? s'étonna Lily, la femme d'Antoine.

— Avec quatre fois moins de sucre qu'un champagne traditionnel.

Lily hocha la tête en signe d'approbation. Elle partageait les idées de sa belle-mère, mais, dans leur appartement, en ville, il y avait à peine la place pour une poubelle dans leur toute petite cuisine, alors, deux...

Le champagne se révélait bon, tout comme les allumettes au fromage, et un soleil printanier rendait le moment agréable. Les enfants jouaient à se poursuivre tandis que les adultes bavardaient en s'attardant. Antoine avait d'abord évoqué son travail de commercial au sein d'une grosse entreprise où il gagnait bien sa vie, puis il avait annoncé qu'avec sa femme ils comptaient se mettre en quête d'une maison à acheter. Habiter un appartement avec des enfants n'étant pas idéal, ce qu'ils avaient découvert lors du confinement dû à la crise sanitaire.

— Je rêve d'un jardin comme le vôtre ! s'exclama Lily.

En le disant, elle ne se rendit pas compte qu'elle venait d'ouvrir la boîte de Pandore.

— Sauf qu'il ne faudra pas compter sur moi pour désherber, ricana Antoine. Ni ça ni fendre du bois ou passer mes week-ends à tailler des haies. Un jardin, c'est pour que les enfants s'amusent sur un trampoline, pour faire des barbecues avec les copains et des siestes dans un hamac.

— Vous chercherez dans quel coin ? demanda Clémentine.

Manifestement, elle voulait changer de sujet pour éviter une dispute, mais son fils revint à la charge.

— Enfin, maman, tu ne vois pas que papa s'épuise ? Il est retraité, il a des rhumatismes, le dos en miettes, et il a le droit de profiter de la vie, plutôt que de s'échiner sur la cause perdue des orties et des chardons qui poussent plus vite qu'il ne les enlève.

— Oh, il faut bien le faire…, tenta de temporiser Paul.

— Pourquoi ? Pour l'esthétique ?

— Parce que ça étouffe mes fleurs et mes légumes, gémit Clémentine.

— Mais c'est de l'égoïsme, maman ! D'ailleurs, dans une démarche écologique, tu devrais laisser faire la nature, au lieu de la contrarier.

Antoine était lancé et il tenait à aller au bout de ses arguments avant que sa femme ne suive de trop près l'exemple de sa belle-mère. Déjà, installé par Lily sur leur minuscule balcon, le bac à compost dans lequel macéraient les épluchures de légumes et de fruits en décomposition survolées par un bataillon de moucherons le dégoûtait dès qu'il ouvrait la fenêtre.

— Tu prononces le mot « écologie » comme une injure, fit remarquer Clémentine d'une voix pincée.

— Pas du tout ! En plus, je fais des efforts, comme tout le monde. Quand je descends dans le local à poubelles de notre immeuble, je prends garde de mettre mes sacs dans les bons containers. J'achète des produits bio et français le plus souvent possible, des tee-shirts en coton équitable, comme mon café. J'ai une voiture hybride, je laisse Lily faire son affreux compost sans rien dire, et je sensibilise mes enfants à l'avenir de notre planète. En dehors de ça, je refuse de me pourrir la vie. On met l'individu à contribution en le culpabilisant encore et encore, tout en le poussant à consommer, encore et encore. Pendant ce temps, les usines polluent, les agriculteurs répandent des produits toxiques à tout-va, les laboratoires pharmaceutiques qui nous empoisonnent ne sont jamais punis, et nos dirigeants se déplacent en voiture avec chauffeur en nous enjoignant de prendre les transports en commun ou le vélo ! C'est toujours aux petites gens d'accomplir des gestes pour sauver la Terre. Quelle injustice…

Sa tirade fut suivie d'un long silence. Paul semblait étonné par la révolte affichée de son fils, et Clémentine gardait un visage fermé. Pour sa part, Lily avait le regard perdu au loin.

— Je constate que tu es responsable, finit par concéder Clémentine. Mais tu mélanges tout.

— Il est râleur, marmonna Paul avec un sourire affectueux.

Le ronflement sonore d'une moto précéda l'arrivée de Lionel, leur fils cadet, qui s'arrêta en faisant gicler les graviers dont certains atterrirent sur la voiture d'Antoine qui protesta vertement :

— Bon sang, Lionel ! Tu ne peux pas faire attention ? Et aussi faire moins de bruit ? À croire que tu as trafiqué ton pot d'échappement...

Se tournant vers sa mère, il ajouta :

— Il finira par rouler sur tes fleurs !

Toutefois, il se leva pour aller embrasser son frère. Ils s'entendaient bien même s'ils se voyaient peu, ayant des modes de vie très différents. Lionel aimait voyager, il parcourait l'Europe sur sa moto, s'intéressait à tout mais ne se fixait nulle part. Antoine le trouvait immature et leurs parents s'inquiétaient pour son avenir.

— Nous étions en train de nous prendre la tête avec l'écologie, ajouta Antoine. Espérons que ton point de vue ne va pas jeter d'huile sur le feu !

Il souriait en le disant, mais Lionel savait à quel point les conversations familiales pouvaient vite se transformer en affrontements.

— Mon avis sur la question évolue au fil de mes découvertes dans d'autres pays, expliqua-t-il. Les Nordiques sont vraiment en avance sur nous. Là-bas, chaque citoyen participe activement, et leur programme de transition écologique est ambitieux. Néanmoins, au classement des pays les plus verts, la France a gagné la quatrième place, ce qui est très honorable.

— Je ne parlais pas du reste du monde, précisa Antoine, mais seulement de papa qui se fatigue à suivre les diktats de maman. Qu'il ait mal au dos ou pas, il doit manier la binette !

— Tu exagères, soupira Paul. Ta mère a raison sur bien des points.

— Et c'est toi qui te tapes tout le boulot.

— Non. Clémentine s'occupe de faire pousser des légumes et des fruits, de les ramasser, de les cuisiner, et nous nous régalons. Chacun ses tâches.

Paul défendait sa femme, il ne supportait pas qu'on l'attaque. Lui-même s'astreignait à ne pas lui faire de reproches, à ne pas discuter ses décisions. Lionel lui adressa un clin d'œil puis il se saisit des deux dernières allumettes au fromage qu'il engloutit. Mais Clémentine avait pensé à son fils cadet et elle revint sur la terrasse avec une nouvelle assiette d'allumettes tout juste sorties du four.

— Ne discutons plus de tout ça, suggéra-t-elle d'un ton plein d'espoir.

— Tout quoi ? s'enquit Lionel. Vous vous querelliez parce qu'Antoine trouve papa fatigué ? Eh bien, ce problème est simple à résoudre ! Contactez les services d'aide à la personne, ils vous trouveront quelqu'un qui viendra vous aider pour le jardin. Vous offrirez ainsi quelques heures de travail à un jeune ou à un chômeur, papa sera soulagé, et vous n'aurez pas besoin d'avoir recours à des produits toxiques.

Antoine ne pouvait pas contredire ce conseil de bon sens, il choisit donc de se taire tandis que sa mère s'écriait avec enthousiasme :

— Voilà une excellente idée ! Pourquoi n'y avons-nous pas pensé ?

— Parce que vous voulez tout faire vous-mêmes.

— Petit frère, tu es la voix de la sagesse ! finit par railler Antoine.

Que Lionel ait trouvé la bonne solution l'agaçait. Comme lorsqu'ils étaient enfants et que le cadet se montrait souvent le plus malin.

— On va bientôt passer à table, intervint Clémentine.

Il fallut d'abord se mettre en quête des enfants qui jouaient à cache-cache. Lionel s'en chargea car il adorait ses neveux et chahutait volontiers avec eux. Lily suivit Clémentine à la cuisine et Paul en profita pour faire signe à Antoine, qu'il entraîna vers l'abri de jardin.

— Récupère ton bidon, dit-il à voix basse. Je n'en aurai pas besoin, on va suivre le conseil de ton frère. En tout cas, c'est très gentil d'y avoir pensé !

— Je voulais t'aider, bougonna Antoine.

— Et je t'en remercie, crois-moi. Mais tu sais, l'idée de mentir à ta mère ne me plaisait pas trop. De plus, je me sens concerné aussi. Je me dis que, pour les générations à venir, pour mes petits-enfants, agir permettra peut-être de ne pas leur laisser notre monde en trop mauvais état. À chacun de voir ce qu'il peut faire.

Antoine dévisagea son père, puis finit par lui sourire.

— Très bien, concéda-t-il. De toute façon, je n'aurais pas aimé être à l'origine d'une dispute entre maman et toi !

Ils jetèrent un coup d'œil hors de l'abri pour s'assurer qu'il n'y avait plus personne dans le jardin, puis ils allèrent remettre le bidon dans le coffre de la voiture. En regagnant la maison, ils trouvèrent la famille déjà attablée.

— Où étiez-vous passés ? leur lança Clémentine.

— Antoine me montrait sa voiture hybride, répondit Paul sans rougir, car ce n'était qu'un demi-mensonge.

— Hybride ? s'étonna Lionel. Eh bien, contre toute attente, mon frère va devenir le plus écolo d'entre nous !

Malgré une pointe de culpabilité, Antoine hocha la tête sans rire, sous le regard amusé de son père.

Le temps qui passe

« Les années passent, et chacun sait qu'elles passent vite. Or voilà qu'un matin, on se réveille soudain hanté par une question cruciale : "Ai-je tout accompli ?" Les rêves, les folles ambitions de sa jeunesse quand on n'avait peur de rien et qu'on croyait tout possible…

Oh, bien sûr, on a fait des choses, et pas toujours facilement : un mariage avec la belle robe blanche comme dans les contes de fées, croyant que c'était pour la vie, des enfants, une carrière… Mais a-t-on fait le bien ? A-t-on "été" quelqu'un de bien ? Une bonne personne, une personne heureuse et qui rend heureux ?

Le temps a coulé, comme le sable entre ses doigts.

Et happé par le quotidien, par ses devoirs et ses petits plaisirs, par tout ce qu'on s'invente pour être celui ou celle à qui il faut ressembler pour créer une belle image… Quelle image ? Celle de la mère parfaite, de la femme Warrior, de la clé de voûte familiale ? Sportive accomplie, écolo avant l'heure, déléguée des parents d'élèves, membre de la SPA ?

On croit être indispensable, et on s'aperçoit un beau jour – plutôt un sale jour – qu'on est tout petit, tout fragile, tout démuni, et que malgré tout ce qu'on se raconte, on n'a pas fait grand-chose. Oh, bien sûr, on a hurlé avec les loups pour de bonnes causes, qu'on n'a pourtant pas pris à bras le corps.

En cherchant à tout réussir, curieusement on s'est égaré.

Mais les heures passent, en grignotant l'un après l'autre l'un de nos trente mille jours. Car une longue vie de quelque 80 ans, ce n'est que ça : trente mille jours. Combien de gâchés, de perdus ?

Quand ces questions nous taraudent, il est temps de revenir à l'essentiel. Puisqu'on ne peut pas arrêter l'horloge, on peut au moins s'apaiser, savourer tous les petits bonheurs quotidiens et même les provoquer, réparer nos oublis, devenir utile aux autres, saisir l'instant et comprendre que l'image d'un arc-en-ciel, d'un cheval qui galope dans un pré ou d'un oiseau qui s'envole est infiniment plus précieuse que sa propre image. »

À l'occasion de la parution prochaine de son nouveau livre *Le meilleur est à venir*, l'écrivaine à succès était l'invitée d'Augustin Trapenard dans l'émission *Boomerang*. Pour sa carte blanche, elle a lu un texte inédit sur le temps qui passe.

Hautain

Cette histoire est authentique dans ses moindres détails, et aujourd'hui je ne regrette pas de l'avoir vécue.

La première fois que je l'ai vu, il ne m'a pas plu. Cependant la décision ne m'appartenait pas, il ne m'était pas destiné, et, par malheur, ma fille l'a trouvé à son goût.

À vrai dire, Fabienne se sentait dans l'urgence, il lui *fallait* un cheval immédiatement, pour oublier la mort brutale de sa jument. Or, s'il y a bien une chose que je ne sais pas faire, dans mon rôle de parent responsable, c'est résister au chagrin de mes filles. Et Fabienne avait pleuré sa jument jusqu'au désespoir, hébétée par sa disparition.

Je crois que nous approchions de la fin de l'automne. Je me souviens de la carrière détrempée, des arbres dépouillés, des cris sinistres des corneilles lors de ce premier et unique essai. D'abord, nous avions observé le hongre de cinq ans dans son box, où il nous avait semblé agité, un peu sur la défensive. Ensuite, nous l'avions sellé et bridé, puis Fabienne était montée dessus, les mâchoires serrées, le casque vissé sur la tête.

Au premier coup d'œil, j'ai remarqué la disproportion entre la puissance du cheval et la silhouette vulnérable de ma fille. Certes, elle possédait un niveau d'équitation correct, assorti d'une volonté sans faille, mais à l'évidence ce serait insuffisant pour dominer cette machine de guerre. Car c'est bien ainsi qu'il m'est apparu : Hautain avait l'air d'un cheval de combat. Le rein court, le poitrail large, l'encolure forte, et une manière de frapper ses sabots qui en disait long sur son caractère.

Néanmoins, il galopait souplement sous le ciel plombé de novembre, avec une sorte de rage ou de frayeur contenue. Très vite, l'instructeur a installé quelques obstacles pour faire la démonstration des qualités de l'animal qu'il comptait nous vendre. Et, tandis qu'il expliquait l'enchaînement du parcours à Fabienne, Hautain jouait au cheval à bascule, pliant ses jarrets dans l'attitude préparatoire à l'une des pires défenses et qui consiste à cabrer. Toutefois, il n'allait pas au bout de sa révolte, il se contentait de l'annoncer.

D'une certaine manière, lorsqu'on va commettre une erreur, on le sait presque toujours. En tout cas, ce jour-là, je l'ai su. Les chevaux, je les connais depuis longtemps, entre eux et moi s'est tissée une très longue histoire au fil des décennies. Une histoire d'amour, d'exaltation et de larmes. Alors, même sans avoir le regard acéré d'un professionnel, je devine facilement à qui j'ai affaire, et je sais dans quelle catégorie ranger les chevaux, tout comme les cavaliers. Avec Hautain, je l'ignorais.

Il sautait bien mais un peu trop vite, comme pressé d'en finir. À l'abord, il partait de loin, à la réception, il accélérait encore. Fabienne peinait à le retenir, elle en avait « plein les bras », n'importe qui pouvait constater qu'Hautain l'emmènerait où il voudrait.

— Formidable, non ? a dit l'instructeur, enthousiaste.

— Ce n'est pas un cheval pour elle, ai-je répondu.

Mine apitoyée du bonhomme qui me taxa d'emblée de mère trop protectrice. Or je faisais exactement le contraire avec mes filles, choisissant depuis toujours de les pousser en avant. Et j'y avais d'autant plus de mérite, concernant les chevaux, qu'ils m'avaient apporté leur lot de malheurs.

Afin d'appuyer sa démonstration, l'instructeur partit monter les barres, et dès qu'il eut le dos tourné, je m'adressai au jeune moniteur venu assister, lui aussi, à l'essai.

— Ce n'est pas un cheval pour elle, répétai-je avec conviction, espérant une réponse honnête.

— Eh bien, bredouilla-t-il, d'ici quelque temps, si elle le travaille bien cet hiver…

J'étais fixée : j'avais raison. Ce destrier aurait été parfait dans un tournoi, sous la selle d'un chevalier en armure, mais pour les compétitions que visait ma fille, cela revenait à vouloir piloter une Ferrari pour se rendre chez l'épicier du coin.

Au second passage, Hautain nous gratifia de quelques sauts de mouton inopinés que l'instructeur qualifia aussitôt de « mouvements de gaieté ». Résignée, j'attendis que ma fille ait mis pied à terre pour lui demander ce qu'elle pensait du cheval.

— Formidable, non ? fut sa réponse, prononcée d'une voix saccadée. Avec lui, tu ne sautes pas, tu voles !

Si elle cherchait des sensations, aucun doute, elle allait en trouver. Mais je devinais surtout ce que mon aînée avait dans la tête à cet instant précis :

elle se lançait un défi à elle-même, sans imaginer jusqu'où cette gageure allait l'entraîner.

Le surlendemain, j'achetais Hautain. Je le fis avec réticence, m'obligeant à ignorer tous mes mauvais pressentiments et priant le ciel pour que le guerrier se révèle au bout du compte un gentil petit soldat.

Cet hiver-là, Fabienne prit la mesure de son erreur d'appréciation, mais elle montra beaucoup de courage en allant monter trois fois par semaine, la peur au ventre. Elle avait dix-neuf ans, suivait ses études de droit à Paris et venait en Normandie dès qu'elle le pouvait. Hautain était trop fort pour elle, trop violent, trop difficile, il en administra la preuve dès le premier concours hippique. Il s'agissait d'une épreuve simple, d'ailleurs accomplie sans faute, mais tandis que nous ramenions à pied le cheval au camion, nous nous aperçûmes que, même à deux, il était très difficile à tenir.

Les premiers temps, j'eus beau le surveiller comme le lait sur le feu, mon opinion sur lui ne progressa guère. On ne pouvait pas le traiter de cabochard, il n'était ni rétif ni vicieux, peut-être avait-il seulement peur de l'humain ; en tout cas, il n'était pas tranquille dans sa tête. Hautain, mais pas serein.

Jusqu'au printemps, Fabienne s'acharna à essayer de comprendre et, accessoirement, de dominer sa monture. Son équitation y gagnait, elle progressait, prenait de l'assiette et de l'assurance, tout ça au prix d'innombrables chutes, bien entendu. Mais, par-dessus tout, elle tentait de se faire un ami, un allié, un partenaire.

Avec le recul des années, j'ai acquis la certitude que Fabienne aurait pu y arriver si elle avait été la seule à monter et à soigner son cheval. Hélas, quatre jours par semaine, d'autres qu'elle détruisaient le travail de confiance qu'elle entreprenait tous les week-ends. Pour monter Hautain, il fallait être un cavalier confirmé, c'étaient donc des hommes très sûrs d'eux qui, à longueur de semaine, se confrontaient à ce cheval avec violence, aggravant ses peurs et ses défenses. Nous en arrivâmes au point où, pour le tondre quand son poil était vraiment trop long, il fallait d'abord lui administrer des piqûres de calmants.

Pourtant, un beau matin – ou peut-être le *pire* des matins –, Hautain s'abandonna enfin. Il accepta l'affection et la patience de Fabienne, il s'en remit à elle. Ce qui ne signifiait pas qu'il allait devenir un cheval facile, mais eut pour effet d'enchaîner définitivement le cœur de ma fille.

Certains de ceux qui se prétendent des professionnels du cheval ont oublié une notion pourtant fort bien décrite par les anciens écuyers : la confiance. Rien de valable ne s'obtient d'un animal par la contrainte, voire la brutalité. Avec Hautain, la brutalité était la pire des méthodes. Je l'ai vu une fois, sous la selle d'un moniteur, percuter délibérément du poitrail tous les obstacles d'un parcours car il avait décidé qu'il ne sauterait pas ce jour-là, et encore moins avec cette personne-là. En plus d'être caractériel, il était malin, réussissant à ouvrir la porte de son box pour s'échapper la nuit. Quand on le mettait au pré pour lui accorder une après-midi de détente, s'il décidait de rentrer, il sautait les barbelés, quitte à déchirer son encolure dessus. J'ai cessé de tenir le compte de tous les licols qu'il a cassés, et je me souviens de lui avoir souvent couru après, y compris sur les terrains de concours lorsqu'il s'était débarrassé de Fabienne dans un coin et galopait crinière au vent.

Bref, c'était un cheval à problèmes, des problèmes que Fabienne espérait résoudre.

Comme il sautait bien, il obtint avec ma fille quelques classements, des plaques et des flots, des tours d'honneur. Et l'instructeur décida qu'il était temps de changer de catégorie, de passer à des épreuves plus sérieuses. Une nouvelle erreur qui précipita le chaos.

Avec des obstacles plus hauts et des difficultés techniques plus importantes, les choses se compliquèrent inéluctablement. Hautain acceptait de faire plaisir à Fabienne, qui ne pesait rien sur son dos, mais il allait toujours beaucoup trop vite, accumulant les fautes avec indifférence. Il y eut bon nombre de chutes, de refus, de frayeurs. Pour y remédier, l'instructeur multipliait des « séances » punitives qui terrorisaient le cheval et lui donnaient le dégoût de ces barres multicolores qu'il devait sauter jusqu'à épuisement.

Si l'histoire prenait peu à peu une inquiétante tournure, je ne disposais d'aucun moyen pour intervenir. Fabienne avait vingt ans, elle *aimait* son cheval de manière aveugle et désespérée, elle songeait même à préparer le monitorat avec lui, bref, elle était persuadée que les choses pouvaient encore s'arranger. À la lettre, elle appliquait les proverbes que j'avais cru bon de lui ressasser durant son adolescence : *Rien ne résiste au travail. Quand on veut on peut. Aide-toi le ciel t'aidera.*

Cette année-là, elle se fractura le coccyx, puis, quelques mois plus tard, le poignet, car Hautain demeurait aussi violent qu'imprévisible. Autour de moi, la famille s'agitait, personne ne comprenait que je n'envoie pas « ce foutu cheval à la boucherie ». Comment l'aurais-je pu ? Ma fille était adulte et elle réussissait bien ses études. Qu'il pleuve ou qu'il gèle, elle allait monter avec un courage intact, et quand elle me parlait de Hautain, c'était sur le ton d'une passion farouche. Elle avait tellement investi sur lui ! Il était au centre de sa vie, il remplissait tout l'espace disponible, sans doute incarnait-il des rêves ou des émotions impossibles à partager et introuvables ailleurs.

Sur les terrains de jumping, Fabienne était parfois livide de terreur avant le départ, mais elle avait des étoiles dans les yeux à l'arrivée. Elle vivait quelque chose que j'étais peut-être la seule à pouvoir comprendre, cramponnée à la lice sans la quitter des yeux, fière d'elle ou furieuse contre elle, en tout cas ravagée d'angoisse.

Les mauvais jours devenant beaucoup plus fréquents que les bons, nous avons fini par prendre une décision radicale au printemps suivant, et nous avons changé de club hippique. Fabienne n'avait plus confiance en son instructeur, il était grand temps de mettre Hautain entre des mains plus douces.

Notre nouveau coach était une femme, cavalière de bonne réputation et habituée aux épreuves de haut niveau. En lui exposant les problèmes qui nous avaient conduites chez elle, je crus Hautain tiré d'affaire, et ma fille avec lui.

Ai-je précisé que Hautain était un beau cheval ? Si j'ai omis de le faire, c'est la preuve que je lui en veux encore de toutes les frayeurs qu'il m'a infligées. Donc, il était beau-cheval, le genre d'expression contractée en un seul mot, comme beau-gosse, et, bien que castré, il affichait des attitudes d'étalon.

Durant toute l'année qui suivit, Hautain ne fit aucun progrès notable car notre monitrice, après ne l'avoir monté qu'une seule fois, estima plus judicieux

– ou plus prudent – de dispenser ses conseils à pied. Sur les parcours, les résultats demeuraient très inégaux, ce qui n'avait guère d'importance après tout, puisque le but ultime était de *calmer* ce cheval.

Les matins de concours, Fabienne se levait à cinq heures pour aller embarquer Hautain dans le camion et s'assurer qu'il avait bien ses protections de transport, sa couverture, que rien ne manquait à son confort. Après une épreuve, et même si elle avait atterri à plat ventre dans la boue, elle était capable de courir chercher un seau d'eau à un kilomètre de là où elle se trouvait pour lui donner à boire. Elle avait toujours des pommes ou des carottes pour lui, des mots tendres, des gestes affectueux auxquels le cheval répondait par un instant d'abandon, enfin apaisé. Il mordillait la manche de son blouson, la poussait du chanfrein, tournait la tête pour la regarder. Ce qu'ils vivaient tous deux n'appartenait qu'à eux. Il faut avoir eu un animal et l'avoir beaucoup aimé pour entrevoir la force du lien qui unissait ma fille-têtue et son beau-cheval. Elle *refusait* d'échouer avec lui, alors que la partie était déjà quasiment perdue.

Avant une épreuve de concours hippique, les cavaliers détendent leurs chevaux en leur faisant sauter quelques obstacles d'échauffement au paddock. Avec Hautain, les paddocks tournaient souvent à la catastrophe. Je me souviens d'une après-midi où, n'ayant pas pu accompagner Fabienne car je devais faire une séance de signatures chez un libraire, ma fille cadette m'avait remplacée. Frédérique n'aime pas les chevaux, elle en a peur, mais elle comprenait la nécessité d'un soutien moral pour sa sœur. Comme elle était venue à plusieurs reprises me tenir compagnie sur tous ces terrains boueux de Normandie, elle finissait par avoir l'habitude d'entendre le coach hurler au paddock :

— Arrête-le !

C'était l'ordre qui revenait systématiquement, car Hautain n'en faisait qu'à sa tête et continuait à sauter trop vite, chargeant les barres à la façon d'un guerrier kamikaze. Mais, ce jour-là, Frédérique vit sa sœur tomber trois fois de suite au paddock, de plus en plus durement, Hautain ayant décidé qu'il s'arrêterait juste devant l'obstacle. Il arrivait comme une fusée et pilait à la dernière seconde. Affolée, impuissante, Frédérique m'a téléphoné en larmes, persuadée que sa sœur allait se tuer sous ses yeux. J'ai suggéré, sans grand espoir, que Fabienne déclare forfait et qu'elle remette le cheval dans le camion, mais elle a voulu prendre le départ, effectuant à l'évidence un très mauvais parcours.

Nous frôlions le drame, Hautain devenait dangereux pour de bon et je ne pouvais plus cautionner cette situation. Toute la famille bouillait de rage, il nous fallait sortir de l'impasse. Le salut parut venir d'un dresseur de chevaux qui se trouvait dans le Nord, du côté de Valenciennes. L'homme n'était ni un « murmureur » ni un charlatan, il possédait une grande expérience des chevaux rétifs, un calme légendaire, une patience infinie, et une bonne dose de sympathie pour Fabienne.

Une fois de plus, il fallut annoncer notre décision de quitter le centre équestre, et nous fûmes obligées de louer un van pour transporter Hautain jusqu'à sa nouvelle écurie, à deux cent cinquante kilomètres de là. Bien entendu, il ne voyageait pas très sagement, tapant les parois du camion et hennissant, mais nous arrivâmes à bon port, par une froide journée d'automne.

Après une longue conversation avec le dresseur, Hautain fut installé dans un box confortable, et malgré la fatigue du retour pour rapporter le camion en Normandie, je sentis renaître une lueur d'espoir.

Il y eut quelques semaines calmes. Puis le dresseur vint nous rendre visite, assez satisfait des progrès de Hautain. Il nous montra une vidéo du cheval sautant en liberté dans son manège, l'œil moins fou, le galop plus léger, et il encouragea Fabienne à venir le monter de nouveau afin de reprendre confiance. Durant plusieurs mois, elle passa donc la plupart de ses week-ends dans le Nord, revenant avec des sensations mitigées. Certes, son cheval se comportait mieux que par le passé, cependant les choses étaient loin d'être parfaites. Comme la plus grande qualité des chevaux est leur mémoire, Hautain ne parvenait pas à oublier certaines « leçons » trop brutales, et même s'il se défendait moins, même s'il ne manifestait aucune crainte devant son dresseur, il ne retrouvait pas son enthousiasme de jeune cheval.

Au printemps, Fabienne décida de participer à un concours dans la région de Valenciennes, et je me rendis là-bas avec beaucoup de curiosité. Hautain s'était remusclé, il m'apparut très beau-cheval et se montra à peu près sage, tant au paddock que durant l'épreuve. Pourtant, je ne fus pas convaincue. Quelque chose n'était pas naturel dans son attitude, je voyais bien qu'il hésitait, qu'il ne savait plus trop où il en était, et que son dégoût des obstacles n'était pas vraiment guéri. Fabienne elle-même ne semblait pas tout à fait y croire. Pour elle, l'hiver avait été dur avec toute cette route à faire pour aller voir son cheval, avec le froid glacial, la lumière électrique du manège, le dresseur qui lui demandait des choses difficiles. Je ne sais pas quelle était son opinion exacte à ce moment-là, mais la mienne, que je gardais pour moi, était sans appel : Hautain restait dangereux.

Hélas, renoncer n'était pas concevable aux yeux de Fabienne. Elle avait consenti trop d'efforts et de sacrifices, elle ne pouvait pas se résoudre à accepter le constat d'échec. Plus grave encore, elle aimait trop Hautain pour l'abandonner.

Nous atteignîmes le bord du gouffre au début de l'été.

Le concours hippique de Cabourg se déroule dans un très beau cadre et réunit des cavaliers de tous niveaux durant trois jours. Nous étions au mois de juin 2004, très précisément le 18, la date est inscrite sur l'une des innombrables photos que je possède de Fabienne et de Hautain.

J'ai beau me raisonner, il m'est toujours impossible de songer à cette journée sans éprouver le même sentiment de tristesse, d'angoisse et d'amertume. Pourtant, tout avait bien commencé. La veille, Fabienne avait participé sans aucun problème à une épreuve, et elle m'avait aussitôt téléphoné pour me demander de venir la voir le lendemain. Lorsque je la rejoignis, elle espérait vraiment me prouver que son cheval avait changé. Nous déjeunâmes en compagnie du dresseur, qui était confiant, lui aussi, et qui me décrivit longuement les progrès de Hautain. C'est donc presque tranquillisée que je me rendis au paddock pour assister à l'échauffement. Il faisait beau, j'étais avec l'une des tantes de Fabienne qui est, par ailleurs, une de mes amies d'enfance. Nous bavardions, appuyées à la barrière et heureuses d'être là, quand les choses ont commencé à se gâter. Hautain semblait très mal luné, pas du tout décidé à sauter, même pas une petite barre d'essai.

Désordonné, fuyant, il chargeait l'obstacle, puis le refusait brutalement. Fabienne tomba une première fois, et Hautain s'échappa à travers l'immense terrain du jumping. Il fallut le rattraper, le ramener au paddock, mais il se débarrassa de Fabienne une deuxième fois, plus durement, et repartit comme un fou. Il y eut une troisième chute, vingt minutes plus tard. J'étais horrifiée, je n'avais jamais vu un aussi mauvais paddock. Et l'évidence s'imposait : ce cheval *ne voulait plus* sauter.

Fabienne était épuisée, un peu hagarde, néanmoins, elle s'était remise en selle. Le dresseur partit demander une dérogation au jury car son numéro était passé depuis longtemps. Pourquoi, devant une catastrophe pareille, n'a-t-il pas choisi de déclarer forfait ? Je ne le saurai jamais, mais, aujourd'hui, je pense que cette décision a été un mal pour un bien.

La cloche du départ a retenti et Hautain s'est élancé. Je m'étais postée tout en bord de piste, devant l'obstacle numéro 8. Pourquoi celui-là ? Je n'en sais rien non plus. Dès le début, j'ai vu qu'ils allaient trop vite et que Fabienne ne contrôlait pas grand-chose. Le cheval a fait un refus au numéro 3, Fabienne est restée sur sa monture, ils sont repartis. À la réception du numéro 7, le virage était difficile à prendre pour venir vers nous. La foulée était mauvaise, le tracé aussi, Hautain a pilé au dernier instant et Fabienne est tombée. Presque tout de suite, elle s'est relevée, ce qui m'a permis de recommencer à respirer. J'en étais malade, je ne voulais plus rien voir de ce désastre, pourtant, le pire était à venir. Le reste s'est gravé sur ma rétine avec la précision d'un film au ralenti. Le dresseur est sur la piste, il remet Fabienne à cheval. Elle paraît sonnée comme un boxeur. Elle revient sur cet oxer numéro 8, mais la foulée sort toujours aussi mal. Le cheval charge, en pleine panique. Fabienne est hors d'état de faire quoi que ce soit pour l'aider. Il freine juste devant, expédiant ma fille sur le chandelier qui soutient l'obstacle. Et tandis qu'elle s'écrase dessus, il décide de sauter quand même, s'arrache dans un saut désespéré et percute toutes les barres. Fabienne gît sur le dos, les bras en croix. Elle n'est qu'à quelques mètres de moi, inerte, et j'enregistre à la fois son teint livide, ses yeux fermés, le sang qui coule de son casque sur son visage.

La peur de ma vie, je l'ai ressentie à cette seconde-là. Des images se télescopent au fond de ma tête. J'ai *déjà* vécu une horreur semblable, dont je ne veux pas me souvenir. Dans un état second, je passe sous la lice, je m'agenouille près de ma fille. Et, Dieu merci, le miracle se produit, elle rouvre les yeux. Un médecin arrive en courant, il l'ausculte, enlève le casque avec précaution. C'est juste son oreille qui saigne abondamment, le cartilage en bouillie.

Voir Fabienne sortir de la piste sur ses deux jambes me dénoua définitivement le ventre. Deux minutes plus tôt, j'étais prête à vendre mon âme au diable. Toutes les mères comprendront. En tout cas, le destin de Hautain était désormais scellé.

Je n'eus pas besoin de le dire à Fabienne, elle aussi me connaissait suffisamment pour savoir que je ne transigerais pas : plus question, *jamais*, de sauter avec ce cheval.

Oui, mais que faire de lui ?

Quelques jours plus tard, ma fille se résigna, la mort dans l'âme, à envisager de se séparer de Hautain. L'une de ses amies, qui possédait une très belle écurie dans notre région, accepta de l'héberger, le temps de lui trouver un acheteur. Une fois de plus, il fallut aller le chercher dans le Nord en camion pour le ramener en Normandie.

Bien entendu, un éventuel acquéreur ne pouvait être qu'un cavalier très confirmé. Malheureusement, tous ceux qui se présentèrent connurent le même sort : chaque essai se terminait par une chute spectaculaire. Hautain ne voulait plus sauter, et il ne voulait pas non plus d'un nouveau maître. Je crois qu'il voulait seulement qu'on lui fiche la paix.

Au bout d'un mois, nous eûmes l'idée de le conduire dans un centre équestre où on ne pratiquait pas l'obstacle. Nous étions résolues à le vendre pour un prix dérisoire, voire même à le donner, à condition que ce fût à un cavalier qui ne le brutaliserait pas. Mais Hautain ne supportait plus rien et continuait à jeter tout le monde par terre. J'avais de la peine pour lui, de la peine pour ma fille.

Fabienne était obnubilée par le destin qu'allait connaître son cheval, qu'elle continuait à aimer avec passion. D'ailleurs, elle était quasiment la seule à pouvoir le monter encore pour l'emmener se promener, et bientôt, elle serait la seule à pouvoir l'approcher, car tous ces changements et tous ces essais le rendaient de plus en plus ombrageux. Personne ne voulait de lui, il ne voulait de personne.

Le scandaleux conseil de la « boucherie » revint en force dans les conversations familiales, ce qui rendait Fabienne folle, mais, par bonheur, elle savait bien que je m'y opposerais. J'étais dans son camp, dans celui de Hautain, malgré tout ce qu'il nous avait fait subir, malgré tout ce qu'il avait pu coûter de frayeurs, de déceptions, de chagrin et aussi d'argent durant ces quatre années.

Je ne pouvais pas le mettre dans mon jardin, je ne pouvais pas le tuer, je ne pouvais pas continuer à l'entretenir pour rien.

Et puis nous eûmes enfin un vrai coup de chance. Le genre d'événement qu'on n'attend pas, qu'on n'espère plus. Quelqu'un, dans la région, cherchait un compagnon pour sa jument, une brave bête qui coulait une retraite heureuse dans un pré mais s'y ennuyait. Osant à peine croire à cette opportunité, nous allâmes voir le pré en question, qui était immense et verdoyant, avec un bel abri pour les jours d'hiver.

Par un matin d'automne, nous chargeâmes Hautain dans un camion pour la dernière fois. Le monsieur nous attendait en compagnie de sa jument, et j'espérais de tout cœur que Hautain allait l'adopter sans faire d'histoires. C'était son ultime chance, il fallait qu'il la saisisse.

Je revois Fabienne tenant le licol tandis que j'enlevais les protections de transport. Hautain était très nerveux, à la fois impatient de s'élancer sur l'herbe et inquiet de ce nouveau changement. Quand Fabienne l'a lâché, il est parti comme un boulet de canon vers la liberté, aussitôt escorté de la jument.

Il vit heureux là-bas depuis bientôt deux ans. Au début, quand Fabienne allait le voir, elle revenait en pleurs. Son beau-cheval était devenu gras en quelques semaines, sa crinière était tout emmêlée, son poil couvert de boue séchée, et elle considérait toujours qu'elle avait échoué avec lui. Elle a eu besoin de temps pour admettre qu'elle n'était pas responsable de ce gâchis. Tous les gens à qui nous avions confié Hautain n'ont pas su ou pas voulu prendre en considération son caractère particulier.

Mon opinion sur le petit monde des marchands de chevaux n'en est pas sortie grandie.

Aujourd'hui, Hautain et son amie la jument sont inséparables. Si vous passez par la Normandie, peut-être les apercevrez-vous, en haut d'une colline ou le long d'une barrière. Hautain est facilement reconnaissable, il a conservé son port de tête d'étalon, et sa manière de frapper ses sabots en galopant. Peut-être verrez-vous aussi la silhouette d'une jeune femme au milieu du grand pré, mais ce que vous ne discernerez pas, c'est qu'elle a encore les larmes aux yeux.

DEUXIÈME PARTIE

Merci la maîtresse

Agnès Martin-Lugand

Tous les matins, c'était la course. J'avais beau mettre mon réveil plus tôt, rien n'y faisait. Il sonnait, il sonnait, je ne l'entendais pas ; le son le plus strident ne perturbait pas mon sommeil. J'étais une lève-tard, au grand désespoir de ma petite famille. Fabrice, mon mari, n'en souffrait pas trop, il partait au travail aux aurores et n'avait pas à gérer la situation. En revanche, notre fils de huit ans, Dimitri, vivait un vrai calvaire à cause de sa chère maman étourdie et constamment à la bourre. Ce jour-là ne dérogeait pas à la règle. Dimitri s'était habillé comme il pouvait pendant que je me douchais en quatrième vitesse. À peine séchée, j'avais enfilé culotte et soutien-gorge, puis tout en finissant de m'habiller, je lui avais préparé un simulacre de petit déjeuner. Ce qui avait le mérite de le faire rire et de diminuer son angoisse à l'idée d'arriver en retard à l'école, encore une fois. Il fallait dire que me voir traverser la cuisine avec une seule jambe de jean enfilée, mon pull-over à l'envers et les cheveux encore dégoulinants devait être assez comique.

— Allez Dimi, on y va, lui dis-je en avalant de travers un café.

Même pas le temps de respirer ! Quelques secondes plus tard, je claquai la porte d'entrée.

— Maman, tu as oublié de mettre tes chaussures, m'annonça mon fils, affligé par mon comportement.

Je baissai le nez et découvris, effectivement, mes pieds nus.

— Avance, je te rejoins, lui répondis-je en fouillant déjà dans mon sac à main à la recherche de mes clés.

Une fois mon problème réglé, je retrouvai Dimitri dans les starting-blocks sur le trottoir. Heureusement, nous habitions tout près de l'école. J'attrapai sa main, et notre sprint quotidien démarra, non sans que je jette de fréquents coups d'œil à ma montre. Mais pourquoi les minutes passaient-elles si vite ?

8 h 34. Pas si mal ! Limite, j'étais fière de moi. D'ici la fin de l'année, j'arriverai à l'heure à l'école. Ma joie s'évapora en quelques secondes en découvrant la directrice à la grille – accessoirement la maîtresse de mon fils. Certains jours, j'évitais le contrôle. Pas aujourd'hui…

— Bonjour, lui lançai-je avec mon plus beau sourire.

— Bonjour, me répondit-elle. Je voulais vous voir.

— Je sais, je suis encore en retard…

— Oh non, ce n'est pas de ça dont je souhaitais vous parler. J'ai fini par comprendre que ce pauvre Dimitri n'arriverait jamais à 8 h 30.

Elle lança un regard chargé de compassion à mon fils. J'aurais voulu me terrer dans un trou de souris.

— Nous avons effectué le tirage au sort pour le goûter d'anniversaire des enfants nés durant les vacances d'été.

Je sentis la catastrophe arriver. Dimitri était scolarisé dans une école charmante, accueillante, très bien organisée – trop pour moi – et désireuse d'impliquer les parents, *tous* les parents. Certains étaient même prêts à se battre pour participer aux activités. D'où les tirages au sort. Déjà que j'étais incapable d'arriver à l'heure, alors participer aux sorties scolaires, gérer les pique-niques et aider à traverser les passages piétons dépassait largement mes compétences de mère.

— Dimitri est du mois de juillet, confirmai-je. Et qui sont les heureux élus ?

Je croisai le regard envieux, pour ne pas dire dégoulinant d'espoir de mon fils. Il en rêvait depuis tellement longtemps.

— Eh bien, si je vous en parle, c'est que vous en faites partie ! C'est vendredi prochain, vous avez une semaine pour tout préparer.

Catastrophe.

— Merveilleux ! m'exclamai-je la voix un peu trop perchée.

Tellement merveilleux que ça tombait au pire moment. J'étais en plein rush au boulot. Fabrice aussi puisqu'il partait en déplacement toute la semaine suivante. Ne me restait plus qu'à croiser les doigts pour que je tombe sur une de ces mères de famille exemplaires qui rivalisent d'ingéniosité pour faire le plus beau gâteau en forme du château de la Reine des neiges ou de Dark Vador. Auquel cas, je proposerai de gérer les boissons et les bonbons. Les goûters d'anniversaire à l'école pouvaient se transformer avec certains parents en événements dignes d'une sortie au parc d'attractions. Tous les parents étaient impliqués à part moi, et personne ne prendrait le risque de me confier cette responsabilité.

— Ce sont les parents de Louise.

Louise était l'amoureuse de Dimitri, qui à son grand désespoir déménageait à la fin de l'année. Je le zieutai ; il avait la bouche grande ouverte et les yeux pétillants.

— Donnez-moi le numéro de sa maman, je vais m'organiser avec elle.

— Le papa vous attend au café d'en face depuis vingt minutes.

— Le papa ? Il est pâtissier ?

— Absolument pas. Je le laisse vous expliquer. Vu l'heure, il est temps pour nous de commencer la classe.

— Bien sûr !

Mon fils s'approcha de moi et me fit signe pour que je me penche. Il avait quelque chose à me dire à l'oreille :

— Déchire tout, maman.

Il se redressa, comme un petit coq.

— À ce soir !

Il rentra dans l'école, suivi de la directrice à laquelle je fus incapable de répondre à son « bonne journée ». Que venait-il de me tomber sur la tête ? Mon fils me lançait un défi. Un défi de la plus haute importance : ne pas lui faire honte auprès de son amoureuse et de sa famille avec mes défauts, ma désorganisation et mon étourderie. J'entendais déjà les moqueries de Fabrice.

Quelques secondes plus tard, une fois revenue sur terre et un peu écrasée par le poids de cette responsabilité dont je me serais bien passée, je traversai la rue et poussai la porte de la brasserie en face de l'école. Je scannai la salle et tombai sur le regard noir d'un homme en costard. Pas vraiment la dégaine d'un pâtissier. Forcément, mes retards légendaires à l'école ne me permettaient pas de connaître les parents des petits copains de mon fils, encore moins les parents des amoureuses ! En revanche, ma réputation devait me précéder. Je pris sur moi, décochai à nouveau mon plus beau sourire – j'allais finir par avoir mal aux zygomatiques – et avançai dans sa direction. Arrivée devant la table, je tendis la main.

— Bonjour, vous devez être le papa de Louise. Je suis Sophia, la maman…

— De Dimitri, je sais.

Il me donna une poignée de main virile. En réalité, il me broya les doigts. Je n'eus qu'une envie : partir de là.

— Donnez-moi le numéro de votre femme pour que nous nous organisions ensemble. Je suis désolée, je ne vais pas pouvoir rester, on m'attend au bureau.

— Oh si, vous allez rester. Ça fait plus de vingt minutes que je poireaute.

— Écoutez, je suis navrée que vous ayez attendu, mais je ne pouvais pas deviner ce qui allait me tomber sur la tête ce matin.

— Moi non plus, figurez-vous !

Sans plus se préoccuper de moi, il fit signe à un serveur et commanda deux cafés. Ne me restait plus qu'une chose à faire : m'asseoir et faire la conversation avec ce type absolument pas charmant. *C'est pour ton fils.*

— Donc ? lui demandai-je. Je vous écoute !

— Ma femme a été mutée, elle est déjà partie. Avec Louise, nous la rejoignons dans une semaine, son dernier jour d'école est le jour de l'anniversaire. Je suis seul pour m'occuper du départ. Je compte sur vous pour gérer l'intendance du goûter. Ne lésinez pas sur les achats, les courses, ballons, serpentins et toutes les conneries nécessaires, je paierai.

Sidérée par son aplomb, je m'enfonçai dans mon fauteuil en le laissant continuer.

— Je veux que ce soit une vraie réussite pour Louise. Vous comprenez, c'est dur pour elle. Elle prend mal le déménagement, il faut que ça soit un beau et bon souvenir pour elle.

Je bus mon café à petites gorgées en prenant mon temps, sans le quitter des yeux, je devais à tout prix canaliser l'énervement qui enflait en moi. Puis, je me lançai :

— Vous ne m'avez toujours pas dit comment vous vous appeliez. Nous sommes entre gens civilisés, n'est-ce pas ?

Il se tendit.

— Éric. Venez-en au fait !

— Eh bien, cher Éric. Soyez sûr que je compatis. Les déménagements sont toujours difficiles pour les enfants et épuisants pour les parents. J'imagine que pour votre femme aussi, cela doit être compliqué, être loin de sa fille et de son mari durant une période telle que celle-ci.

Il se fendit d'un sourire en coin, sûr de lui et de sa victoire. Il allait vite déchanter.

— Parfait ! Je vous remercie, me dit-il, prêt à se lever. Je vais vous donner ma carte. Tenez-moi…

— Minute papillon ! Je n'ai pas fini.

Il se renfrogna.

— Je ne me taperai pas le sale travail toute seule. Il en est hors de question. Nous avons été tirés au sort tous les deux, ça ne m'arrange pas plus que vous, mais nous n'avons pas le choix. Vous allez mettre la main à la pâte.

— Mais…

— Il n'y a pas de *mais* ! Vous voulez que ce soit une réussite pour votre fille, ça tombe bien, je veux que ça en soit une pour mon fils. Là-dessus, nous sommes d'accord. Dites-vous une chose, je déteste ce genre de truc. J'ai toujours fait mon maximum pour passer entre les mailles du filet. Pourtant, je vais le faire pour mon fils, même si ça représente un véritable casse-tête, parce qu'il a envie d'un beau goûter d'anniversaire à l'école, avec une maman qui fait son maximum. Et quelque chose me dit que Louise serait encore plus heureuse si son cher papa s'impliquait autrement que par le biais de sa carte bancaire. Sur ce, je vous laisse, les cafés sont pour moi.

Il me fixait les yeux grands ouverts. Je lui avais cloué le bec. Bien fait ! Je déposai un billet de 5 euros sur la table et quittai la brasserie sans faire plus de cas de lui. Une fois sur le trottoir, je regardai ma montre et courus en direction de ma voiture. J'allais arriver encore plus en retard que d'habitude au travail !

Le soir même, Fabrice enchaîna les fous rires à partir du moment où il apprit mes mésaventures du matin. Dès qu'il me regardait, il explosait en se tapant sur les cuisses. D'autant plus que durant tout le dîner, Dimitri me mit une pression du tonnerre en évoquant les ricanements de ses copains à l'idée du tandem de parents en charge du goûter. L'annonce officielle avait été faite dans la journée. *Génial*... Enseignants, élèves et parents nous attendaient au tournant. Il en remit une couche au moment d'aller au lit.

— Maman, tu me promets que ça va être génial ? Tu vas faire plein de gâteaux, hein ?

— Oui, mon chéri.

— Louise m'a dit que son papa était trop fort.

Pas si sûr…

— Je n'en doute pas.

— Vous allez faire quoi ?

— Oh, je ne sais pas encore ! Allez, dors maintenant.

Je rejoignis le salon et m'écroulai dans le canapé à côté de Fabrice.

— Tu ne peux pas reporter ton déplacement, et t'occuper du goûter à ma place ? le suppliai-je.

— Et puis quoi encore ! Dire que je vais rater ça ! Un grand show en perspective !

Voilà, c'était reparti ! Il riait à nouveau à gorge déployée.

— Il y a quand même quelqu'un que je plains.

— Moi, j'espère !

— Pas le moins du monde ! C'est le père de Louise que je plains, le pauvre, il ne sait pas sur qui il est tombé avec toi.

Je lui mis une calotte sur la tête.

— Il est con comme ses pieds, ce type, m'insurgeai-je. Le pire, c'est que j'ai oublié de lui demander son numéro.

— Essaye d'arriver à l'heure demain matin, me conseilla Fabrice. Pour Dimi…

Évidemment, j'étais encore plus en retard que la veille. J'arrivais devant la grille de l'école, pas coiffée, la marque de l'oreiller encore sur la joue, malgré la douche froide, et déjà en nage. Mon comité d'accueil quotidien était plus grand que d'habitude puisque le papa de Louise s'était joint à la fête.

— La honte, souffla Dimitri.

Je me sentis encore plus mal.

— Salut champion ! lui lança le fameux Éric.

— Bonjour, lui répondit mon fils d'une toute petite voix.

— File ! intervins-je. À ce soir, travaille bien.

J'eus droit au sourire indulgent de la directrice. Une fois qu'elle eut disparu avec mon fils, je soupirai un grand coup. Puis, je me souvins du père de Louise. *Journée pourrie*. Je me redressai, prête à l'attaque, et me retournai vers lui. Il se fendit du même sourire en coin que la veille. Cependant, il semblait avoir un peu perdu de sa superbe.

— Bonjour Sophia, me dit-il d'une voix étrangement gentille.

— Éric.

— Les cafés sont pour moi, aujourd'hui. Vous n'êtes pas à un quart d'heure près, conclut-il avec un clin d'œil.

Nouveau soupir. Puis, je passai devant lui et traversai la rue. Arrivée dans le café, je m'accoudai au bar. Hors de question de traîner. J'étais vexée de m'être encore fait prendre la main dans le sac. Tout comme moi, il resta silencieux en attendant qu'on nous serve.

— Je tenais à m'excuser pour mon comportement d'hier, finit-il par déclarer, ce qui me fit tourner le visage vers lui. J'ai déchargé une partie de mes nerfs sur vous. En vous attendant, par téléphone, j'ai eu droit à une crise de ma femme, désespérée à l'idée de rater le goûter d'anniversaire de Louise à l'école… et j'ai un problème avec la ponctualité…

— Moi aussi.

On échangea un regard avant d'éclater de rire en nous affalant sur le comptoir ! Le barman nous observait, complètement ahuri.

— Ma femme vous remercie, réussit-il à me dire entre deux rires.

— Ah bon ? Pourquoi ?

— De m'avoir remis à ma place alors que je cherchais à m'esquiver et à ne rien faire pour l'anniversaire. Je me suis pris une sacrée engueulade hier soir en lui racontant notre petit échange.

— À son service ! Pour tout vous dire, mon mari vous plaint, lui annonçai-je en riant de plus belle, des larmes au coin des yeux.

— Pourquoi ?

— Vous êtes tombé sur la pire mère de famille de l'école question pâtisserie.

— On est mal barrés !

— À qui le dites-vous ! Je ne sais pas pour Louise, mais Dimitri me met une sacrée pression.

— J'ai la même à la maison.

— Éric, nous avons un défi à relever. On va se remonter les manches.

La glace était brisée, et c'était bien agréable. Nous échangeâmes nos numéros de téléphone en nous promettant de réfléchir chacun de notre côté à des idées et de nous tenir au courant dans le week-end. Puis la conversation dévia de façon naturelle sur la pluie, le beau temps, nos enfants, nos métiers, son déménagement. Un second café arriva sous notre nez, et la discussion se poursuivit. Autant la veille, j'étais prête à sauter à la gorge de ce type qui me semblait totalement coincé dans son costard-cravate, autant aujourd'hui, je passai un moment, il fallait le dire, assez délicieux en sa compagnie. Il était vif, drôle, non dénué d'autodérision. Sans oublier qu'il avait une façon bien particulière et subtile de me charrier sur mon étourderie et mes retards. Je devais reconnaître que ça changeait des moqueries parfois un peu lourdes de Fabrice ou de nos amis. Ce qui, à la réflexion, était un peu normal ; douze ans de vie commune et une dizaine d'années d'amitié étaient passés par là.

— Sophia, me dit-il en me regardant droit dans les yeux. Vous avez une très mauvaise influence sur moi.

— Qu'est-ce que j'ai encore fait de mal ?

— Rien de grave, me rassura-t-il un grand sourire aux lèvres. Mais je n'aurais jamais été aussi en retard de toute ma vie professionnelle. Il est presque 10 heures.

J'ouvris les yeux comme des billes.

— Je vais me faire tuer par mon patron, lui répondis-je en riant une fois de plus.

— Quelque chose me dit que vous avez l'art et la manière de l'embobiner et qu'il vous pardonne tout.

En moins de dix secondes, on se retrouva sur le trottoir, à se regarder comme deux idiots, ou plutôt comme deux collégiens qui venaient de faire l'école buissonnière.

— Merci pour les cafés, lui dis-je.

Il balaya ma phrase d'un revers de main.

— On s'appelle pour les enfants ? me demanda-t-il.

— Oui.

— Bonne journée Sophia, et bon week-end.

— Vous aussi.

Je tournai les talons, avec une drôle d'impression. Je secouai la tête de droite à gauche pour reprendre pied dans la réalité. Comme si je quittais une bulle où le temps, les responsabilités de travail et de mère de famille n'avaient plus eu de prise. Ce fut plus fort que moi, je jetai un coup d'œil par-dessus mon épaule. Éric venait de faire le même geste. Nous échangeâmes un dernier sourire. Puis, je me mis à courir.

Notre week-end fut assez tranquille. La routine ; le basket de Dimitri, les courses, le dîner du samedi avec des copains, et deux vraies grasses matinées bien méritées. Je dus pourtant me mettre au travail et chercher des idées de recette pour le goûter d'anniversaire. Je surfais sur Internet, sans rien trouver d'envisageable en raison de mes piètres qualités de cuisinière. Régulièrement, j'échangeai des SMS avec Éric, qui évidemment ne trouvait rien de son côté. J'essayai bien à un moment de tendre une perche pour qu'il demande un coup de main à sa femme. Il me vit venir avec mes gros sabots et refusa net : « C'est ma fierté masculine qui est en jeu, Sophia. Je sais me débrouiller sans elle. Et puis, vous êtes là, vous ! » Je lui répondis d'un smiley qui tire la langue. Hilare, Fabrice suivait de loin nos échanges, tout en préparant son déplacement, il prenait la route dès le lundi matin et ne reviendrait que le vendredi soir.

Une fois n'est pas coutume. J'ouvris les yeux au petit matin, totalement réveillée, l'esprit en alerte. Je me tournai et me blottis dans les bras de Fabrice. La raison de mon réveil était limpide ; je n'avais pas envie qu'il parte.

— C'est un miracle, murmura-t-il. Tu vas être debout pour me dire au revoir.

— Comme quoi, tout arrive… Tu vas me manquer…

— Toi aussi, mais tu vas être occupée toute la semaine. J'attends ton compte rendu avec impatience.

Une heure plus tard, la voiture de Fabrice disparaissait. J'étais douchée, habillée, maquillée et je préparai un vrai petit déjeuner à un Dimitri qui m'observait la bouche grande ouverte, comme si un Ovni avait pris ma place.

— On va vraiment arriver à l'heure à l'école ?

— Il semblerait, Dimi. Je te promets d'essayer de faire des efforts.

— Il est un peu tard, maman. Je suis en grandes vacances la semaine prochaine.

— C'est un bon début, non ?

Il leva le pouce en signe de victoire.

Le chemin vers l'école fut paisible, tranquille. J'eus l'impression d'ouvrir les yeux sur un autre monde, un monde où j'avais du temps pour discuter avec mon fils, faire des sourires aux parents d'élèves croisés – tous sidérés de me voir –, un monde où je ne commençais pas la journée en sueur, mais avec le sentiment d'être fraîche et pimpante après une douche qui avait dépassé les deux minutes chrono en main. Mais ce qui me fit le plus plaisir fut la fierté de Dimitri ; il se tenait droit et n'avait pas ce visage figé par la honte et l'angoisse d'être en retard. La directrice de l'école n'en crut pas ses yeux en nous voyant prêts à la grille. Au même instant, Louise arrivait avec son papa. Dimitri s'éloigna de moi à toute vitesse, comme s'il était monté sur ressort. Les deux enfants se regardèrent avec des yeux de merlans frits. J'eus les plus grandes difficultés à m'empêcher de rire, tant je les trouvais mignons.

— Bonjour Sophia.

Je détournai les yeux de cette scène, et les levai vers Éric.

— Bonjour, lui répondis-je un grand sourire aux lèvres.

— Vous êtes tombée du lit ?

— Oh, ne commencez pas à vous moquer de moi ! lui rétorquai-je en riant. Mon mari est parti tôt en déplacement ce matin, me voilà toute seule pour la semaine.

Pourquoi je lui dis ça ?

— Ah… et…

— Papa ! nous interrompit Louise. Je peux y aller. Lâche-moi.

Éric eut un léger mouvement de recul avant d'apporter toute son attention à sa fille. Je me tournai vers mon fils.

— Vas-y toi aussi, lui dis-je. Passe une bonne journée.

J'embrassai ses cheveux.

— Maman, ça va ? Tu as une tête bizarre !

— Euh… ah bon ? Tout va bien, je me suis simplement réveillée trop tôt, lui répondis-je avec un clin d'œil.

Dimitri attrapa la main de Louise et ils partirent en courant dans la cour de l'école, sans plus se préoccuper de nous. Je me tournai vers Éric qui ne lâchait pas sa fille des yeux. J'eus plutôt l'impression qu'il mettait tout en œuvre pour éviter mon regard.

— Que fait-on pour l'anniversaire ?

— Sophia, je n'ai pas le temps pour un café ce matin.

— Ah… d'accord… mais c'est vendredi, et on n'a toujours rien décidé.

— Je sais, soupira-t-il en daignant me regarder.

Serait-il lunatique ? La complicité et la spontanéité de nos échanges virtuels du week-end ou de l'instant d'avant s'étaient envolées comme par magie. Une certaine gêne, inexplicable, semblait avoir envahi l'atmosphère.

— Il y a un problème, Éric ?

Il se gratta la tête.

— Non, pardon… Je suis simplement inquiet pour Louise, c'est sa dernière semaine, et quand je la vois avec votre fils, je me dis que le départ va être douloureux…

— C'est sûr qu'ils font la paire, tous les deux. Raison de plus pour réussir ce goûter, lui dis-je avec un petit sourire.

— Oui… Vous êtes garée dans le coin ?

— Près de chez moi. Un peu plus loin.

— Je vous accompagne à votre voiture.

Il s'apprêta à poser sa main dans mon dos pour me guider, mais il suspendit son geste à la dernière minute. En longeant les grilles de l'école, j'aperçus Dimitri et son amoureuse en grande conversation. Ça me détendit.

— Alors, toujours pas l'âme d'un pâtissier ? demandai-je à Éric.

Il éclata de rire. Bizarrement, ça me rassura.

— Absolument pas ! Mais j'ai réfléchi, me dit-il malicieusement. Que diriez-vous, chère Sophia, de donner une leçon à tous ces parents exemplaires ?

— J'adorerais, mais comment ?

— On ne va pas se transformer en sculpteurs de sucre glace. On va jouer la carte de la simplicité. Quand j'étais gamin, du moment qu'il y avait du chocolat, des bonbons et du Banga, j'étais heureux.

— Vous venez de dire du « Banga » ?

— Bah, oui. Pourquoi ça vous choque ?

— Je préférais la limonade.

— Va pour la limonade, des litres de limonade pour la demoiselle !

Ce fut à mon tour d'éclater de rire.

— Je devrais être capable de faire un gâteau au chocolat et un au yaourt, affirmai-je, presque sûre de moi.

— Mais oui, et je vous aiderai ! En même temps, je dis ça, mais ma cuisine est vide, tout est dans les cartons.

— Vous n'allez pas vous défiler ! Vous viendrez chez moi exprimer votre nouveau talent de pâtissier !

— Je peux faire les courses si vous voulez. Disons jeudi soir ?

— Parfait ! Je récupère Louise à la sortie de l'école. Ils seront contents de jouer plus longtemps ensemble.

— En revanche, Sophia, vous pouvez faire la liste des courses ? J'en suis strictement incapable.

— Ça, je sais faire ! Je vous la donne demain matin.

Nous venions d'arriver devant ma voiture. Et je réalisai qu'il nous avait fallu de longues minutes pour faire ce minuscule trajet, tant nous nous étions emballés.

— Je croyais que vous étiez pressé, Éric.

Il regarda en l'air, à droite, à gauche, en soufflant.

— C'est vrai, je dois filer. Bonne journée.

— Vous aussi, à demain.

Il planta ses yeux dans les miens.

— Le temps passe assez vite avec vous.

Je n'eus pas la possibilité de lui répondre, il détala comme un lapin. Quant à moi, durant de longues secondes, je ne bougeai pas. Je restai, plantée là, sur le trottoir, sans quitter sa silhouette des yeux.

Les jours suivants passèrent à la vitesse de l'éclair. Comme me l'avait prédit Fabrice, je n'avais pas le temps de m'ennuyer de lui, entre le travail, Dimitri, et la préparation de l'anniversaire. La seule pause était mon brin de causette avec Éric chaque matin lorsqu'il m'accompagnait à ma voiture où nous parlions de tout sauf du goûter.

Jeudi soir. Louise et Dimitri jouaient dans le jardin pendant que je faisais le point sur ma batterie de cuisine. J'avais retrouvé au fond d'un placard un batteur à œufs, plus vieux que moi. J'entendis une voiture se garer devant chez nous. Quelques minutes plus tard, j'ouvrais à Éric la porte d'entrée.

— Ça a été ? lui demandai-je. Je peux vous décharger de quelque chose ?

— C'est bon, je vous remercie. Dites-moi simplement où est la cuisine.

Il me suivit, déposa son fardeau sur la table, et se dirigea vers sa fille au son de sa voix. D'une oreille, j'écoutais la conversation qui s'entama entre eux deux et Dimitri. Pendant ce temps, je vidai les sacs et tombai, à ma grande surprise, sur une bouteille de vin.

— J'ai pensé que ça serait sympa pour nous donner des forces, dit Éric dans mon dos. Ou ça peut être une récompense, comme vous voulez.

Je lui jetai un regard par-dessus mon épaule.

— Récompense, c'est plus raisonnable. Mais l'espace d'un instant, je me suis demandé si vous ne vouliez pas soûler les enfants demain.

— La vilaine maîtresse, plutôt !

Une heure et demie plus tard, nous enfournions le quatrième gâteau, la cuisine était un vrai champ de bataille. Des bouts de coquilles d'œufs et des pépites de chocolat jonchaient le carrelage. J'avais de la farine sur le nez, sur les joues et sur mes vêtements. Éric était déclaré blessé de guerre depuis qu'il s'était brûlé avec les plaques du four et qu'une cloque géante avait fait son apparition sur son poignet. Et nos enfants ne jouaient plus puisqu'ils avaient préféré assister au spectacle que leur père et mère respectifs leur offraient. Je m'écroulai sur une chaise en m'essuyant le visage.

— On la mérite, notre récompense ! s'exclama Éric.

— Je crois bien que oui.

Je me relevai illico presto pour lui donner le tire-bouchon, sortir deux verres à pied, et faire une carafe de grenadine pour les enfants.

— Papa, on ne part pas tout de suite ? s'inquiéta Louise.

Il se tourna vers elle.

— On boit notre verre et on rentre à la maison, après.

— Pas déjà !

L'intervention de Dimitri affolé fit écho à mes pensées, subitement tout aussi affolées.

— J'ai des pizzas au congélateur, annonçai-je timidement. C'est bientôt les vacances, les enfants peuvent se coucher plus tard. Enfin… je dis ça, vous avez forcément mieux à faire… il n'y a aucune obligation… mais… euh… avec le déménagement imminent, c'est peut-être plus simple pour vous.

Éric riva son regard au mien.

— Dis oui, papa ! Allez !!

Les secondes me parurent des heures.

— On reste, dit-il sans me quitter des yeux.

— Yes ! s'exclamèrent en chœur les enfants avant de disparaître.

Main dans la main, ils partirent en courant jouer dans le jardin. Éric nous servit du vin et me tendit un verre. Nous trinquâmes sans dire un mot. Cette gêne subite était insupportable et je refusai que ça gâche la soirée.

— On peut être fiers de nous, non ?

— Oui… merci pour l'invitation à dîner.

— Ça fait plaisir aux enfants… et à moi, aussi. On mange dehors ?

— C'est vous qui décidez.

Après un dîner animé par leurs soins, les enfants repartirent jouer une dernière fois dans le jardin. Éric et moi ne bougions pas de notre place. Les gâteaux étaient sortis du four. Durant la cuisson des pizzas, nous avions réparti et dispatché les bonbons dans des sachets individuels pour les vingt-huit élèves de la classe. Tout était prêt pour le grand jour. Il remplit à nouveau nos verres et se carra au fond de sa chaise en me fixant. Je préférai détourner les yeux et me concentrer sur les enfants qui ne se lâchaient pas. Ils étaient si mignons, si innocemment amoureux du haut de leurs presque huit ans.

— Vont-ils garder un souvenir de leur amourette ? lui demandai-je à voix basse. Vous croyez qu'ils s'en souviendront avec nostalgie dans quelques années ?

— Il va être temps d'y aller.

Il se leva. Je l'écoutai demander fermement à sa fille de rassembler ses affaires. Puis, je débarrassai la table. Quelques minutes plus tard, je sentis la présence d'Éric dans la cuisine. Il déposa le reste de la vaisselle sale sur le plan de travail et la bouteille de vin… vide.

— Merci… laissez. Je m'occupe de tout déposer à l'école demain matin.

— Vous êtes sûre ? Vous n'avez pas besoin de mon aide ?

— Non, vous allez être occupé. C'est aussi bien comme ça.

— Sophia ?

Je restai sans bouger devant mon évier, sans oser lever les yeux.

— Regardez-moi, s'il vous plaît.

Je lui fis face. Il détailla mon visage.

— Comptez sur moi pour aider Louise à se souvenir de Dimitri et de sa maman.

Il leva sa main, et la posa sur ma joue qu'il caressa délicatement.

— Il vous reste de la farine.

— Vous savez aussi bien que moi que j'avais tout enlevé.

Nous échangeâmes un sourire. Un dernier mouvement du pouce sur ma peau, et sa main retomba.

— Papa, je suis prête, annonça Louise d'une voix tristounette depuis l'entrée.

Il tourna les talons. Je le suivis jusqu'à la porte. Il ébouriffa les cheveux de Dimitri et attrapa sa fille par la main. Je pris contre moi mon fils, boudeur.

— Bonne nuit, leur dis-je à tous les deux.

— Vous aussi, Sophia, murmura Éric avant de partir en direction de sa voiture.

Je refermai la porte et soupirai profondément. Ensuite, tout en essayant de lui remonter le moral – en vain –, je couchai Dimitri. Une fois au lit, j'attrapai mon portable et tentai d'appeler Fabrice, sans grand espoir puisqu'il était en dîner professionnel. Pourtant, il décrocha.

— Je suis heureuse de t'entendre, tu me manques.

Il me manquait tellement que j'en perdais les pédales.

— Toi aussi. Ça a été la cuisine avec le papa de Louise ? Ils sont restés dîner, j'espère. Avec leur déménagement, ça doit être la plaie pour eux.

— Oui, je leur ai dit de manger avec nous.

— Tu as eu raison, et ça a dû être plus sympa pour toi. Comment va Dimi ?

— Cafardeux...

— Je m'en doute, chagrin d'amour... Dis-lui demain matin que son père va prendre les choses en main dès son retour. Ce week-end, discussion entre hommes.

Merci, mon Dieu, Fabrice me faisait encore rire !

— File retrouver tes collègues. Bonne soirée.

— Je t'embrasse, ma petite pâtissière.

Les réveils matinaux n'allaient pas devenir une habitude, me voilà rassurée. La panique générale était de retour. Sa tartine à la bouche, Dimitri m'aida à charger les préparatifs du goûter dans la voiture. Le voir partagé entre l'excitation pour l'anniversaire et la tristesse de perdre Louise me tordait le ventre. Mon fils grandissait, et bientôt, les câlins de sa mère ne suffiraient plus à lui mettre du baume au cœur. En revanche, que nous nous garions en barbare devant l'école sous les applaudissements de Louise lui plut énormément.

— C'est le grand jour, lançai-je à la volée en ouvrant la portière.

La directrice se fendit d'un grand sourire. Jusqu'au dernier moment, elle ne m'aura pas fait confiance. Elle ne *nous* aura pas fait confiance. Éric s'approcha de moi. Je lui souris.

— Je vous avais dit que je pouvais me débrouiller sans vous.

— Et rater cette arrivée tonitruante ! Hors de question.

Il m'aida à vider le coffre et nous pénétrâmes l'un à côté de l'autre dans la cour de l'école. *Madame* la directrice nous escorta jusqu'aux cuisines. Après un examen minutieux de nos préparatifs, elle soupira profondément.

— Merci d'avoir fait simple ! Enfin des parents qui ne sont pas dans la compétition.

Éric me fit un clin d'œil. La directrice enchaîna en s'adressant à lui :

— Quel dommage que vous déménagiez, parce que je vous aurais demandé de reformer votre tandem l'année prochaine.

— N'ayez pas de regret, ça aurait perdu de son charme. Les secondes fois sont bien souvent décevantes.

— Peut-être… Allez, il est temps de rejoindre mes élèves.

Nous traversâmes à nouveau la cour, non sans dire au revoir à nos enfants et leur faire promettre de profiter de la journée. Ma voiture était toujours en warning sur le trottoir. J'ouvris la portière et balançai mon sac à main à l'intérieur.

— Défi relevé haut la main, dis-je à Éric en lui faisant face.

— Pas de dernier café ?

Je lui souris.

— Vous venez de le dire, ça perdrait de son charme.

Il inclina la tête en souriant.

— Quand partez-vous ? lui demandai-je.

— On prend la route ce soir. Louise va avoir besoin de sa maman et moi…

— Très bonne idée. Petit conseil : abrégez les adieux à la sortie de l'école.

Je lui tendis la main, comme lorsque nous nous étions rencontrés. Il me la serra beaucoup plus délicatement que la première fois en me regardant dans les yeux.

— Bonne continuation, Sophia.

— Merci, vous aussi et… bonne installation.

Je lui souris une dernière fois et nous nous lâchâmes. Puis, je grimpai dans ma voiture, en soufflant un grand coup. Éric s'éloigna en passant la main dans ses cheveux.

16 h 30. Je patientais volontairement le long de la grille, à une vingtaine de mètres de la porte de l'école, où le papa de Louise attendait. Brusquement, des mains me couvrirent les yeux. La joie me fit trembler des pieds à la tête.

— Ça fait cinq minutes que je t'observe de l'autre côté de la rue, me murmura Fabrice à l'oreille. Tu es belle…

Il embrassa mes cheveux, puis me rendit la vue. Je me retournai prête à me blottir dans ses bras. Il prit mon visage en coupe et riva son regard au mien.

— Belle surprise. Merci…

— Je m'en voulais de ne pas avoir été là cette semaine. C'était important pour Dimi et toi…

— On s'en est sortis.

— À ce point-là ? Tu es prête à recommencer ?

— Jamais de la vie !

Il rit.

— Me voilà rassuré, j'ai cru que ça allait te changer.

Je n'eus pas le temps de lui répondre, Dimitri arriva comme un boulet de canon contre nous. Parents indignes que nous étions… concentrés sur la joie de nous retrouver et pas sur notre fils…

— Alors, Dimi ? Raconte l'anniversaire ! Maman a bien travaillé ? lui demanda Fabrice en hissant notre grand garçon dans ses bras.

— Elle est partie, lui répondit-il avec des trémolos dans la voix.

Mon visage se tourna vers la porte de l'école. Dimitri avait raison : ils avaient disparu. Depuis que Fabrice était là, le reste m'était sorti de la tête… Je participais au câlin général en passant mes bras autour de mon fils et de mon mari.

— C'est toujours difficile de dire au revoir à des amis, lui apprit son père.

Puis il me fit un clin d'œil, auquel je répondis par un grand sourire.

— Merci d'être rentré plus tôt, tu nous as manqué.

L'Épiphanie de juillet

Frédérique Le Teurnier

Le soleil perçait enfin à travers la fine couche de nuages qui traînaient encore dans le ciel. Ils avaient la forme d'un navire d'antan.

— Au fond, chacun y voit bien ce qu'il veut, c'est ça qui est amusant, se dit Françoise à voix haute, tout en laissant errer son regard à travers la baie vitrée de la maison de location.

Le mauvais temps qui régnait depuis des jours en ce mois de juillet au Pays basque était en passe de se transformer en souvenir. C'était suffisant pour que la mélancolie soit chassée des yeux si expressifs de la jeune fille et qu'ils retrouvent leur éclat pétillant. Cependant, elle allait devoir attendre, il n'était que sept heures du matin et, comme toujours, elle était la première éveillée. Déambulant dans un salon silencieux où seules les secondes de l'horloge venaient rythmer le cours de ses pensées, elle se plut à se perdre dans son imagination. Elle adorait ces moments solitaires qui lui permettaient d'échafauder toutes sortes d'histoires. Ses parents, chanteurs lyriques, avaient semé la graine. Pas directement non, car aussi talentueux qu'ils soient, ils demeuraient des interprètes. Mais enfant, elle avait assisté à plusieurs représentations d'opéras de Puccini et de Bizet, où ils endossaient les rôles-titres, et à chaque fois elle avait été subjuguée. Tous ces destins tragiques, ces sentiments puissants, ces décors somptueux avaient remué la petite fille au plus profond d'elle-même. Ils lui avaient prouvé qu'il était possible de créer des univers parallèles, plus intéressants et vivants que le monde réel, capables de vous sauvegarder à jamais de l'ennui. Voilà pourquoi, à quatorze ans, elle avait déjà lu quantité d'ouvrages puisés dans la bibliothèque familiale et gardait en lieu sûr son trésor : sept carnets remplis de poèmes, de nouvelles et d'ébauches, tous rédigés de sa main. Jamais elle ne les avait fait lire à qui que ce soit, ni à son père adoré ni à sa sœur. Non, c'était son jardin secret, elle devait apprendre à le cultiver avant d'autoriser quiconque à y pénétrer.

Ce matin-là, elle délaissa la plume et choisit de se replonger dans l'œuvre d'une autre. Elle affectionnait particulièrement Colette et décida de reprendre sa lecture du *Dialogues de bêtes* où elle l'avait laissée. En s'enfonçant dans le canapé moelleux elle soupira d'aise, pour de nombreuses minutes supplémentaires elle était seule au monde. En effet, ce ne fut qu'une heure plus tard que Catherine, sa sœur aînée de trois ans, fit irruption dans le salon suivie par le caniche « Bebelle » qui fonça droit sur Françoise. Prenant son élan, l'animal fit un bond pour la rejoindre sur le sofa et jappa joyeusement en guise de bonjour.

— Elle va réveiller tout le monde ! marmonna Catherine.

Tandis qu'elle caressait la petite chienne, l'adolescente amusée mit un doigt sur sa bouche, lui indiquant ainsi de se taire. Bebelle semblait avoir intégré l'information car elle remuait la queue frénétiquement, mais en silence, passant de l'une à l'autre avec ses bons gros yeux ronds, attendant sans doute une nouvelle consigne.

— Oui, ma Bebelle, c'est toi la plus intelligente ici.

— Qu'est-ce que tu lis ? l'interrogea sa sœur en interrompant ses câlineries.

Françoise retourna le livre pour lui montrer la couverture.

— Colette ! Encore ! Et la biographie de Charles Quint que je t'ai prêté ?

Catherine aussi était une boulimique de lecture. Toutefois, si leurs goûts ne les portaient pas vers les mêmes auteurs, elles s'échangeaient certaines recommandations et discouraient pendant des heures de leurs coups de cœur. Il faut dire qu'à cette époque, dans les années 1960, il était difficile pour deux adolescentes de se distraire, la télévision ne proposant qu'une seule chaîne.

— De toute façon, aujourd'hui, ils vont nous obliger à sortir. Vu la météo, nous n'aurons pas le choix, reprit-elle en scrutant le ciel avec une expression dépitée.

Le pronom « ils » désignait leur famille, atypique, bancale, disloquée depuis le départ de leur mère la veille du jour de Noël, quelques années auparavant. Elle avait quitté le domicile conjugal, bien décidée à vivre pleinement son amour avec un homme plus jeune rencontré sur les planches de l'opéra. Leur père, Roger, bouleversé par le chagrin, n'avait pas refait sa vie. Face à la catastrophe, la sœur de sa femme, Juliette, était venue s'installer chez eux avec son époux Camille car elle ne voyait pas comment cet homme si distingué mais d'un certain âge allait pouvoir gérer au quotidien l'éducation de ses deux filles. À ce quintet inattendu s'était ajoutée la vieille habilleuse de leur mère, Paulette, qui, habitant sous le toit de sa patronne depuis son contrat d'engagement vingt-cinq ans plus tôt, n'avait nulle part où aller. Quand bien même, il aurait été hors de question pour chacun d'entre eux de la voir partir. Elle était devenue un membre à part entière de cette tribu hétéroclite, ravissant les filles en leur confectionnant des déguisements ou en leur préparant des gâteaux pour compenser à sa manière le trou béant d'affection laissé par celle qui avait abandonné sa progéniture.

— C'est pas plus mal, non ? On va finir par étouffer ici à six. Et puis nous verrons peut-être Sébastien et Nicolas à la plage.

— Aucun intérêt, déclara Catherine alors qu'elle découpait une tranche de pain pour se préparer une tartine.

Les deux jeunes garçons étaient les fils d'un ami de leur père, un médecin parisien. C'est lui qui avait fortement encouragé Roger à emmener sa famille en vacances à Saint-Jean-de-Luz, la ville où il partait profiter chaque été de congés mérités. Il avait suggéré à son ami de prendre une location au même endroit, lui chantant les louanges de la région. Il avait dû insister, arguant que pour ses deux filles, la compagnie de jeunes gens de leur âge serait sympathique. Roger avait eu ses enfants sur le tard, à la cinquantaine, et il se sentait parfois déboussolé par l'écart de générations. Il avait fini par se ranger à l'avis du médecin. Oui, le grand air et des camarades de jeu seraient sans doute des vacances idéales pour les adolescentes. Mais forcer le destin est illusoire. Catherine et Nicolas s'étaient ignorés avec soin dès le premier jour des vacances, irrités par la manœuvre grossière de leurs aïeuls. Complexée par un peu d'embonpoint, elle n'avait pas daigné se mettre en maillot et était restée l'après-midi entière sur sa serviette, préférant la compagnie d'une biographie historique. Quant à lui, rapidement échaudé après avoir essayé de poser quelques questions polies, il s'était rapproché d'un autre groupe qu'il n'avait plus quitté par la suite. En revanche, moins farouches, Françoise et Sébastien n'avaient pas tardé à se trouver des points communs. Le garçon de quinze ans au caractère intrépide et sportif avait proposé des activités intéressantes, comme escalader des rochers ou courir le plus vite possible dans le sable. Et puis, ses jolis yeux verts laissaient transparaître de la bienveillance, ce qui était rassurant. Même si à cet âge, une année de plus peut paraître un gouffre, à aucun moment il ne faisait preuve de condescendance. Au contraire, flatté dans sa virilité naissante, il se montrait protecteur vis-à-vis de Françoise. La pluie récente et continue des derniers jours ne leur avait pas permis de se revoir autant qu'ils l'auraient souhaité et certains défis avaient été laissés en suspens. Voilà entre autres pourquoi Françoise se réjouissait ce matin-là du retour du soleil au Pays basque.

L'attente lui avait semblé, pour une fois, interminable. Juliette et Paulette étaient parties dans la matinée au marché car les repas étaient sacrés et les produits frais indispensables. La jeune fille, piaffant d'impatience, avait lancé l'idée d'un pique-nique improvisé sur le littoral, et sa tante avait promis d'y réfléchir pour la fin de la semaine. La spontanéité et les plats délicieux qu'elle réalisait menu après menu ne pouvaient guère cohabiter. Ils déjeuneraient donc ce midi à la maison, comme d'habitude. Leur oncle Camille avait fait une brève apparition pour prendre un café et se plonger dans le journal avant de réintégrer sa chambre. Le rythme était décidément lent. Françoise, désœuvrée, se résolut à monter et à toquer à la chambre de son père dont elle se sentait très proche, encore davantage depuis la séparation. Sans le comprendre, elle devinait ce voile de chagrin qui l'accompagnait dorénavant.

— Entrez, lui dit une voix posée.

Françoise tourna la poignée de la porte et passa délicatement la tête. Roger était assis derrière le bureau, orienté face à la mer. Toujours élégant, il portait un pyjama anglais et un peignoir en soie.

— Qu'est-ce que tu fais ? demanda-t-elle tout en s'avançant dans la pièce.

Son père la regarda, à la fois touché et amusé. Ce qu'elle pouvait grandir vite sa cadette, celle pour qui il ressentait toute la tendresse d'un père. Il était fier d'elle, petite personne volontaire au caractère bien trempé et à la joie de vivre évidente. Elle se faisait jolie, il en était aussi conscient.

— Je tiens ma correspondance à jour.

— Ah, répliqua Françoise qui n'eut pas l'air très intéressée par cette activité.

— Qu'y a-t-il ma cavalière préférée ? Tu trouves le temps long sans tes amis à quatre pattes ?

Elle sourit. Son père connaissait sa passion pour les chevaux et la laissait depuis quelques mois s'adonner à l'équitation lorsqu'elle rentrait de l'école.

— Oh oui, mais je sais que je vais les retrouver bientôt. Non, ce n'est pas ça, soupira-t-elle comme seuls les adolescents savent le faire, avec une lassitude infinie.

— Cœur qui soupire n'a pas ce qu'il désire, ponctua-t-il tout en saisissant son étui à cigarettes en argent.

Il comprit que c'était un moment propice aux confidences.

— C'est juste que… je ne sais pas. Je me sens enfermée. Parfois, je voudrais sortir, crier, m'amuser… J'ai l'impression d'avoir trop d'énergie, Papa. D'être à la fois trop triste et trop heureuse. Tout est mélangé.

— Je comprends, c'est de ton âge.

— Oui, mais Catherine ne réagit pas de cette façon.

— Chacun est différent. Tu verras, un jour, tu regretteras l'intensité de ces sentiments. Une fois adulte, on devient plus blasé, plus polissé, comme les coquillages sur la plage qui ont subi la violence des courants. Sers-t'en, fais quelque chose avec.

— Quoi donc ?

— Je n'en sais rien, c'est à toi de trouver. Et je suis certain que tu as déjà une petite idée, tu as même commencé, je me trompe ?

— Tu m'as vue écrire ! réagit-elle, surjouant la vexation.

Elle croisa les bras et regarda les flots, songeuse tout à coup.

— Ce n'est pas bon de toute façon.

Roger se leva, contourna le bureau et vint s'asseoir près d'elle sur le bord du lit.

— Un jour ça le sera, je t'en fais le pari. Il faut simplement que tu découvres ce que tu as envie de raconter.

Puis il passa un bras autour de ses épaules et, sans rien ajouter, ils contemplèrent l'océan.

Françoise posa sa tête contre lui, apaisée pour un court instant.

— Allez jeune fille, il est l'heure d'aller aider votre tante en cuisine, dit Roger au bout de quelques minutes.

— Nous pourrons aller à la plage ensuite ?

— Bien sûr, avec ce beau soleil, Juliette et Paulette vous accompagneront. Moi, tu sais que je n'aime guère cela. Cependant, tu les connais, pas avant les deux heures de digestion réglementaires.

Françoise se releva, prête à quitter à regret la chambre de son père, quand elle heurta l'encrier posé sur le bureau, qui inonda de bleu le courrier laissé en suspens. Catastrophée, elle attrapa les buvards et épongea tant bien que mal la tache qui n'en finissait pas de s'étendre. Roger choisit d'en rire.

— De toutes les manières, ma missive était convenue et ennuyeuse, je ne savais que répondre aux Dechâlet. Tu me rends service en me permettant de la recommencer. Allez sors d'ici, gentil « Brise Fer », avant de tout casser.

Françoise l'embrassa sur la joue et fonça dans les escaliers en chantonnant le dernier titre de Johnny Hallyday.

Comme prévu, le déjeuner fut loin d'être frugal, Juliette avait concocté une salade de gésiers suivie d'écrevisses à la nage. Elle s'était excusée à plusieurs reprises, elle n'avait pas les bons ustensiles à disposition pour réaliser des mets plus élaborés. Les adultes étaient ensuite partis s'étendre le temps d'une sieste et enfin, aux alentours de seize heures, le cortège familial s'était mis en branle en direction du bord de mer. Quand ils arrivèrent, Françoise scruta l'horizon. C'est avec soulagement qu'elle reconnut le maillot de bain rouge et les mèches blondes de son nouvel ami. Elle s'élança avec fougue vers lui, faisant fi de toute règle de bienséance. Sébastien lui adressa un sourire désarmant qui la fit fondre sur-le-champ.

— Ah vous êtes là ! Avec Nicolas on se demandait si vous alliez revenir.

— Ils sont tellement lents, lui répondit-elle en désignant le groupe qui dépliait avec peine transats et parasols.

Pour les deux femmes, il était hors de question de se tremper, un simple bain de soleil serait suffisant. Quant à Camille, il se contenterait de marcher les pieds dans l'eau pour se rafraîchir.

Catherine, un peu renfrognée, daigna le saluer puis prit place sur sa serviette, avec l'idée de ne plus en bouger de l'après-midi.

— On va se baigner ? ajouta celle qui ne rêvait que de cela depuis des heures.

— D'accord, mais on fait la course.

— Partez ! hurla Françoise qui s'élança, ravie, vers les flots, bien décidée à prendre de l'avance.

La fraîcheur de l'eau la saisit. Pour autant, elle ne céda pas un pouce de terrain alors qu'elle entendait les mouvements de brasse du jeune homme qui se faisaient de plus en plus proches. Elle avait en ligne de mire la bouée jaune au loin et redoubla d'efforts pour atteindre son objectif. La natation n'était pas sa discipline de prédilection, mais comme elle était très sportive, elle ne douta pas. Et puis elle savait que son esprit de compétition ferait le reste. Souvent, c'était grâce à lui que la différence s'imposait. Ne pas s'économiser, ne pas regarder en arrière, se répétait-elle tel un mantra alors qu'elle commençait à trouver le bon rythme. Petit à petit, elle se sentait pousser des ailes, elle avait l'impression que les vagues la soutenaient, l'accompagnaient vers la victoire. C'était un sentiment enivrant, un espace de liberté. À cet instant, toute peur lui devenait étrangère, rien ne pouvait l'arrêter. Ce qui au départ était un jeu se transformait en une délicieuse bataille, avec son camarade, avec les éléments, avec elle-même.

— Plus vite ! hurla-t-elle pour se donner du courage alors qu'il la rattrapait.

Les muscles de ses jambes étaient en feu, les gouttelettes d'eau salée lui brouillaient une partie de la vue, mais son corps s'allongeait à chaque mouvement. Plus que cinquante mètres, elle pouvait le faire. Elle devinait qu'il ne la laisserait pas gagner par galanterie, l'énergie qu'il déployait pour la battre était bien réelle, c'était palpable. Plus que dix mètres, ne pas s'économiser pour le retour, ne penser à rien, rester concentrée. Plus que cinq mètres, la réussite était là, au bout de ses doigts. Ne pas avoir de crampe, toucher le plastique la première. Plus que quelques petits centimètres.

— Gagné ! cria-t-elle à bout de souffle en se retournant pour découvrir un Sébastien exsangue arriver à sa hauteur.

— Ça va ? l'interrogea-t-elle alors qu'il essayait de retrouver une respiration normale.

— Je crois que j'ai un point de côté, je vais faire la planche avant le retour. Bravo en tout cas ! Tu m'as impressionné, ajouta-t-il, beau joueur, en scrutant le ciel en position allongée.

Accrochée à la bouée, elle battait des pieds régulièrement pour se maintenir à la surface, la décharge d'adrénaline était passée. La posture n'était pas très confortable mais elle attendit patiemment que Sébastien reprenne des forces.

— Tu ne vas pas te noyer au moins ?

Il rit et, à nouveau face à elle, la regarda droit dans les yeux, ce qui la troubla un peu.

— De honte, je pourrais, à cause de ma performance. Mais ce n'est pas moi qui me suis montré mauvais, c'est toi qui as été incroyable. Tu m'avais caché ce talent.

— C'est gentil ce que tu dis. Merci. Ce n'est pas habituel. Les garçons veulent toujours avoir le dernier mot d'habitude.

— Et pas toi ?

Son air amusé arracha un sourire à Françoise.

— Je fais beaucoup d'équitation c'est pour ça. On ne dirait pas mais c'est un sport très exigeant, très complet.

— Formidable ! Moi, c'est le rugby. Depuis tout petit j'adore ça. Cette année, j'ai intégré au lycée une classe avec des horaires aménagés pour que ça me laisse le temps de pratiquer.

— Ce n'est pas trop violent ?

— Pas plus qu'une chute du haut d'un canasson, j'imagine.

Une légère brise s'était levée et ils ressentirent tous deux que la houle commençait à les malmener.

— On devrait repartir, déclara Sébastien qui avait repris un visage sérieux et observait les éléments autour d'eux.

Françoise porta son regard vers la rive, et tout à coup, la distance lui parut beaucoup plus vaste qu'à l'aller, elle distinguait mal les petites silhouettes de Juliette et Paulette, au loin. Elle avait la chair de poule, ce qu'elle désirait par-dessus tout à présent était de rejoindre la terre ferme.

— Oui, allons-y, articula-t-elle, mâchoires serrées.

— Tu as froid ?

— Un peu, c'est d'être restée statique.

— On va y aller doucement, d'accord ?

Elle hocha la tête et ils s'élancèrent de concert. Très vite, la jeune femme eut l'impression de faire du sur place. L'océan qui l'avait accompagnée dans sa course semblait maintenant décidé à lui barrer la route. Les mouvements des nageurs étaient intenses, pourtant les éléments les ramenaient inexorablement à leur point de départ. Le vent leur fouettait le visage et les vagues qui se formaient derrière eux les empêchaient de progresser, roulant sous leurs corps et les entraînant en arrière à chaque passage. Au bout de quelques minutes de cette épuisante lutte, Sébastien trancha :

— Il y a trop de courant. On ne va pas y arriver, ça ne sert à rien.

Françoise sentit la panique la gagner. Ce n'était pas tant les propos de son camarade qui l'inquiétaient mais plutôt le ton de sa voix. Il ajouta :

— Arrête de te débattre, tu perds des forces. On va se laisser un peu dériver.

— Mais tout à l'heure, c'était si calme..., parvint-elle à articuler.

— C'est ma faute, j'aurais dû être plus vigilant, ici le temps change très vite. Restons sereins et nageons parallèlement à la plage. OK pour toi ?

La jeune femme secoua vivement la tête en signe d'assentiment et Sébastien devina son angoisse. Pour la rassurer, il choisit de détourner son attention.

— Bon c'est parti, on ne perd pas de temps, tu restes à ma hauteur. Pense à prendre une respiration entre chaque brasse. Ouais, comme ça, parfait. Tout va bien se passer. En plus, j'ai à mes côtés une cavalière de compète qui vient de me battre, tu vois, je ne suis pas très inquiet. C'est quoi le nom de ton cheval préféré ?

La nageuse n'était pas dupe mais répondit tout de même.

— « Quatre atouts », c'est le mien. Je l'aime beaucoup, pourtant… c'est loin d'être mon préféré.

— Un cheval rien qu'à toi ?

— Oui, c'est mon père qui me l'a offert et c'est adorable. Il croyait bien faire, c'était une surprise pour mon anniversaire. C'est un ancien trotteur réformé des courses… dit-elle, dépitée.

— Et alors ? Il faut que tu m'expliques.

— Les plus beaux sont les galopeurs !

Leurs propos étaient hachés, un peu mécaniques, entrecoupés de grandes inspirations.

— Qu'est-ce que tu aimes autant dans ce sport ? Raconte-moi.

— Beaucoup de choses… Le fait d'être en binôme avec un être vivant, qui nous fait confiance, qui a son propre caractère. Et puis la vitesse bien sûr, parfois c'est si intense que tu crois que tu es en train de voler et…

Françoise s'interrompit et toussa, elle venait de boire la tasse. Instinctivement, elle s'appuya sur l'épaule de Sébastien qui lui fit un grand sourire apaisant. Durant quelques instants, ils gardèrent le silence, battant seulement des pieds pour rester à la surface. Elle regarda par-dessus l'épaule du jeune homme.

— C'est encore très loin, non ? Si on tentait de leur faire signe ?

— Sans jumelles je ne pense pas qu'ils voient grand-chose. En plus, nous ne sommes plus du tout en face d'eux.

— Je n'ai aucun repère.

— Regarde la bouée.

Effarée, elle comprit qu'ils avaient progressé en diagonale mais au moins, le flotteur rétrécissait dans leur champ de vision. Ballottés, ils avaient bien du mal à se maintenir l'un en face de l'autre.

— Bon, il faut qu'on reparte. Si tu n'es pas trop fatiguée, on va mettre un petit coup d'accélérateur, il y a beaucoup de houle ici. Et pour économiser nos forces, on va le faire sans parler. Ce que je te propose c'est qu'à tour de rôle, on choisisse une chanson et qu'on se la répète dans notre tête pendant qu'on nage.

— Et si on ne connaît pas les paroles ?

— Tu inventes. Tu commences ?

— « Ne me quitte pas » ? Je plaisante, « Les Champs-Élysées ».

— Joe Dassin, excellent choix, je la maîtrise celle-ci. Prête ? On essaye de garder un bon rythme sans s'épuiser. C'est important, allez c'est reparti.

Pendant une vingtaine de minutes, ils progressèrent côte à côte, ne se parlant que pour citer des titres de chansons françaises. Après « Les portes du pénitencier », Françoise poussa un cri.

— Je crois que j'ai une crampe ! hurla-t-elle en essayant d'attraper son pied sans couler.

En deux brasses, Sébastien arriva à sa hauteur et l'obligea à s'accrocher à ses épaules. « Ça va aller », lui répéta-t-il tout en reprenant ses mouvements et en tractant sa nouvelle amie.

— Repose-toi un peu sur moi. Tu l'as mérité, on a bien avancé.

Le soleil devenait de plus en plus oblique, ils étaient partis depuis plus d'une heure.

— Dis-moi, tu sais déjà ce que tu feras, toi, dans la vie ? Comment tu t'imagines ? reprit-il plus tard, voulant la faire parler pour qu'elle garde le moral. Il sentait qu'elle tremblait légèrement.

— Oh, je peux bien te l'avouer après tout, étant donné qu'on ne va peut-être pas s'en sortir.

— Ne dis pas ça.

— Je voudrais écrire des histoires…

— Auteur ! Waouh. Tu en auras une à raconter en tout cas.

— Qui sait ? J'aime les mots, créer des choses en utilisant les bons, transmettre des émotions. Je peux nager seule, c'est passé maintenant. Merci.

— Tu es sûre ? C'était pourtant bien agréable.

Françoise sentit une immense gratitude monter en elle. Ce garçon faisait l'impossible pour qu'elle reste combative. Un autre, plus lâche, ne l'aurait pas attendue, ou tout au moins, n'aurait pas été aussi sensible et dévoué. Elle resta pensive un moment puis voulut lui rendre la pareille. Souriante à nouveau, elle tenta à son tour de l'amuser.

— Je meurs de faim. Tu voudrais manger quoi là, tout de suite, si un génie nous l'apportait ?

— Si j'en croisais un, je lui demanderais surtout de nous mettre des hélices.

— Non, ce n'est pas le jeu. C'est un génie qui n'exauce que les vœux culinaires.

— D'accord, alors disons un steak frites.

— Oh oui alors ! Et des beignets aussi.

— Des beignets surtout !

— À la pomme ou à…

La jeune fille s'arrêta net, car Sébastien avait disparu sous l'eau. Elle se tourna de tous les côtés et l'appela à tue-tête aussi fort qu'elle le pouvait. Il refit surface en quelques secondes, qui lui parurent une éternité. Un rouleau l'avait surpris et l'avait entraîné au loin. La colère de l'océan grondait de plus en plus fort. Le garçon la rejoignit et sans un mot, ils redoublèrent d'efforts, terrifiés par la tournure que prenait la situation et par leurs tailles minuscules dans ce désert bleu. Ce n'est que bien plus tard qu'elle sentit la main de Sébastien saisir la sienne.

— On va y arriver, Françoise. Regarde, la plage, elle se rapproche. Continuons, je sens qu'on a passé un cap.

— Tu crois ? Je ne sens plus mes jambes.

En effet, il remarqua qu'elle claquait des dents, que ses lèvres prenaient une légère teinte violette et que ses yeux se voilaient.

— Terminons-en alors. Je te demande encore un tout petit peu de courage. C'est presque fini, je t'assure.

Les doigts de Sébastien serrèrent les siens.

— Reste près de moi, je vais à ton rythme, poursuivit-il.

Elle acquiesça et libéra sa main, avant de prendre une grande goulée d'air et de repartir de plus belle, trouvant en elle des réserves insoupçonnées. Le jeune homme lui criait de ne pas lâcher, que chaque mouvement comptait. Ils effectuèrent les derniers mètres – qui leur parurent extrêmement longs et les séparaient du rivage. Lorsque Françoise toucha enfin le sable avec ses pieds, elle faillit perdre l'équilibre et tangua pour s'extraire de l'eau. Une fois la plage atteinte, ils s'écroulèrent côte à côte et à plat ventre, épuisés, et tentèrent de reprendre leur souffle. Elle sentait que tous ses muscles étaient tétanisés, l'effort demandé à son corps avait été immense. La lumière avait changé.

Quand elle releva la tête et recouvra ses esprits, elle ne reconnut pas du tout la plage dont ils étaient partis. Sébastien se retourna face au ciel et haletant, lui dit :

— Bravo. Tu l'as fait. On a réussi.

— Je n'y serais jamais arrivé sans toi. Seule, je me serais noyée, j'en suis certaine.

Ils furent interrompus par des voix familières. Juliette se rua sur les jeunes et serra sans ménagement Françoise dans ses bras.

— Vous nous avez fait une peur bleue ! Misère. Mais qu'est-ce que vous avez fabriqué ?

— Pardon. On... on a fait la course et quand on a voulu revenir, le vent, le courant... on a dérivé. Je suis désolée.

À cause du relâchement, Françoise sentit des larmes couler le long de ses joues. Les digues lâchaient. Catherine venait également de les rejoindre, accompagnée de Camille, Paulette et Roger. Nicolas et ses parents suivaient derrière en petites foulées. Juliette poursuivit son monologue, sonnée.

— Les pompiers ont été prévenus, ils arrivent. Mais on a mis du temps à comprendre ce qu'il se passait. À force de ne pas vous voir revenir, on s'est inquiétés. Ce sont finalement les sauveteurs qui vous ont repérés avec les jumelles, ils ont compris la trajectoire que vous preniez, ils allaient partir avec un zodiac pour vous repêcher. On est à plus de cinq kilomètres de l'autre plage. Vous vous rendez compte ?

— C'est à cause de moi. L'océan est traître, j'aurais dû être plus prudent, intervint Sébastien, qui ne parvenait toujours pas à se relever.

— Vous êtes sains et saufs, c'est la seule chose qui importe, conclut Roger qui, alerté, était venu jusqu'ici, le cœur battant la chamade.

À présent, il regardait sa fille et adressa une prière silencieuse de remerciement au ciel.

Les pompiers arrivèrent peu de temps après et constatèrent qu'en dehors d'une grosse frayeur les deux adolescents se portaient bien. Chacun allait pouvoir rentrer chez soi. Avant de se quitter, Sébastien prit la jeune fille dans ses bras, contre lui, et lui chuchota :

— Promets-moi que tu le raconteras un jour, que tu l'écriras. C'est une histoire qui se termine bien.

— Merci pour tout, répondit-elle en reniflant et en lui déposant sur la joue un profond baiser salé qui voulait dire bien des choses.

*
* *

Le lendemain matin, il était encore tôt quand elle descendit l'escalier sur la pointe des pieds, Bebelle sur ses talons. Épuisée, elle s'était endormie la vieille juste après le dîner. En rentrant, elle avait pris un bon bain chaud que Juliette lui avait fait couler. Puis, Catherine, pourtant peu encline aux déclarations, lui avait dit de ne jamais lui refaire une peur pareille, que la vie sans sa petite sœur serait insurmontable. Encore bouleversée par l'épisode de l'après-midi, Françoise avait toutefois tenu à s'excuser auprès de son père. Derrière le bureau, Roger avait écouté avec calme ses arguments, mais n'avait pas tenté de lui faire la leçon. Il considérait cet événement comme l'un des nombreux apprentissages imposés par la vie. Cependant, il recommanda à Françoise de tempérer sa fougue lorsqu'elle le pouvait, car le risque était grand qu'un jour elle ne se blesse bien plus gravement. Elle comprit à demi-mot la métaphore. La punition ne tarda pas pour autant à tomber, plus de baignades des vacances.

Elle ne revit jamais Sébastien.

Tout le monde dormait encore, la jeune fille mit la bouilloire sur le feu et, en attendant qu'elle siffle, se replongea dans la contemplation du soleil qui étirait ses premières lueurs sur la mer. Elle avait vécu quelque chose de fort, d'effrayant, d'attirant. Elle n'était plus la même personne que la veille. Un nouveau jour se levait et tout avait changé. Elle avait pris confiance en elle, elle accueillait la personne qu'elle était en train de devenir et elle ressentait un immense élan de vie parcourir ses veines, seule dans la cuisine de cette maison de location du Pays basque, à l'aube. Prise d'une idée, elle sourit, alla chercher la boîte en métal et en sortit un carnet vierge. Assise à table, la tête dans une main, sa tasse de chicorée fumante à proximité, elle mâchonna un moment le bouchon de son stylo-plume, les yeux dans le vague, avant d'inscrire sur le papier :

« Il était une fois… »

*

*　*

« La réalité dépasse toujours la fiction », c'est ce que tu disais souvent, Maman.

Ma mère, Françoise Bourdin, nous a raconté à plusieurs reprises, à ma sœur et moi, ce souvenir de vacances au Pays basque, cet après-midi où elle a failli se noyer. Elle se rappelait chaque détail et surtout la gentillesse de ce garçon qui l'avait aidée à ne pas renoncer. Cela l'a marquée pour toujours. Elle a traité cet épisode dans l'un de ses romans, mais de manière détournée, en gardant la structure mais en masquant la réalité. Les écrivains tirent parfois leur inspiration de leurs propres expériences… Lorsque Céline Thoulouze m'a proposé de participer à ce recueil de nouvelles, l'idée m'est venue tout de suite. Je voulais raconter une partie de son histoire à elle, faire revivre, le temps de quelques pages, la jeune fille que je n'ai pas connue. C'était important pour moi de retranscrire ici cet épisode de sa vie. Pardonne-moi, Maman, si j'ai aussi pris certaines libertés, tu m'as laissé, comme tant d'autres choses, l'imagination en héritage.

TROISIÈME PARTIE

Des histoires qui vous ressemblent[1]

1. Françoise Bourdin, *Des histoires qui vous ressemblent*, avec la collaboration de Valérie Rossellini, collection « Secrets d'écriture », Le Robert/Plon, 2022.

Ouverture

La nuit provençale est douce, on entend les grillons. C'est une belle soirée d'été dans le théâtre antique d'Arles. Je dois avoir aux alentours de sept ans. Les arènes sont bondées. Avec mon père et ma sœur, nous n'avons trouvé qu'un petit bout de gradin pour nous installer, dix centimètres par fesse. Le silence, soudain, se produit et la représentation de *Mireille*, l'opéra de Gounod, peut commencer. La mise en scène est époustouflante : 200 figurants, l'orchestre qui tonne, des gardians qui entrent à cheval sur la scène. Je suis emportée dans ce spectacle grandiose. À la fin, la chanteuse lyrique qui incarne Mireille meurt d'insolation dans le désert de la Crau. Elle s'effondre sur la scène. Tandis que le public se lève et applaudit à tout rompre, transporté par l'admiration, je pleure et je hurle comme une sirène. Une vague d'émotion m'envahit. Mon père n'arrive pas à me calmer, à me raisonner. Pour le public, c'est Mireille qui est couchée par terre. Pour moi, c'est ma mère qui gît sur la scène, morte d'insolation. Difficile pour la petite fille sensible que je suis de discerner la fiction de la réalité. En la voyant se relever, je suis follement soulagée et je comprends qu'il existe des mondes imaginaires, que tout n'est pas réel. Ce souvenir est très représentatif de l'enfance que j'ai vécue. Cette période est fondatrice de ma vocation d'écrivaine, à bien des égards.

Premier acte

Crescendo

Une enfance de conte de fées

Fille de deux chanteurs lyriques célèbres, Geori Boué et Roger Bourdin, j'ai vécu jusqu'à l'âge de huit ans un véritable conte de fées. Ma mère était une artiste exceptionnelle ; elle avait décroché tous les prix au conservatoire de Toulouse, de harpe, de piano, de chant, alors qu'elle n'avait que 16 ans. Issue d'un milieu simple, elle avait débuté au Capitole de Toulouse, puis était montée à Paris, entrée à l'Opéra-Comique, et avait ensuite poursuivi une carrière fabuleuse partout dans le monde, de la Scala à New York… Mon père, lui aussi immensément talentueux, était un homme d'un autre siècle. Bien plus âgé que ma mère, il était d'une élégance absolue. Il s'adressait très gentiment à tous ceux qu'il croisait à l'opéra. Il ne faisait aucune distinction entre les machinistes ou les accessoiristes et le chef d'orchestre ou le directeur. Sa parfaite éducation, sa parfaite humanité en faisaient un modèle.

Mes parents menaient une vie incroyable. Dans l'hôtel particulier où nous habitions à Neuilly-sur-Seine, ma sœur et moi les voyions répéter leurs rôles, mais aussi aller et venir, essayant sans cesse des costumes, des chapeaux à plumes, des capes, ajustant des crinolines, arborant épées et éventails. Ils participaient à un bal costumé tous les jours et semblaient follement s'amuser, plus que les enfants ! Cela nous donnait envie de grandir. Si le monde des adultes ressemblait à cela, ce devait être formidable. Avec ma sœur, nous passions nos jeudis – à l'époque, dans les années 1960, les enfants n'allaient pas à l'école le jeudi, et non le mercredi – dans la plus grande pièce de la maison, qui était occupée par notre couturière à plein temps. Une vraie caverne d'Ali Baba, où nous pouvions nous déguiser à l'envi. Nos poupées venaient de partout dans le monde, rapportées de tournées triomphales en Russie, au Brésil, au Mexique. Je flottais dans un monde enchanteur, spectatrice de la vie merveilleuse de mes parents. Presque chaque soir, quand ils n'étaient pas sur scène, se tenaient des dîners à la maison, avec des journalistes et des invités célèbres, comme Sacha Guitry.

J'observais tout depuis la cuisine, par l'entrebâillement de la porte. Les enfants ne participaient pas aux réunions des adultes à cette époque. J'ai connu aussi les coulisses de l'Opéra de Paris, sa folle machinerie, les admirateurs aux portes des loges, le fond sonore du piano quand les chanteurs répètent, les chuchotements et l'ombre qui contrastent avec l'atmosphère survoltée et la lumière de la scène.

Cet univers a été particulièrement propice au développement de mon imagination. Mes parents ressemblaient à des personnages romanesques, et l'opéra me racontait des aventures humaines mêlant passion, amour, chagrin, tragédie. Avant même de savoir lire, je vivais dans un monde merveilleux, peuplé de belles histoires. Mais il existe une limite à la magie. La célébrité et la folle vie de mes parents avaient mis la barre assez haut. Qu'allais-je bien pouvoir faire comme études et comme métier, pour vivre une existence aussi incroyable que la leur ? Comment être au niveau ? Comment trouver sa voie quand on vit une enfance aussi magique ? *A fortiori* quand, brutalement, à huit ans, la veille de Noël, les lampions de la fête s'éteignent.

Ma mère, tout entière happée par sa carrière, est partie tracer sa route, sans regarder à côté, loin de mon père, loin de ma sœur, loin de moi. Partie vivre sa vie de diva sur les plus grandes scènes du monde entier, en nous laissant un cadeau d'adieu : un caniche au pied du sapin. Une petite chienne, ridiculement nommée « Jolie Belle », rapidement rebaptisée « Bebelle », que j'ai tout de suite aimée passionnément. J'ai déversé tout mon chagrin de petite fille sur elle, je la prenais sans cesse dans mes bras, mettais la tête dans son panier. Mon père a été brisé, il a cessé de chanter sur scène pour devenir professeur au conservatoire, nous avons déménagé dans un appartement du XVIIe arrondissement de Paris. L'habilleuse de mes parents est restée avec nous, ainsi que ma tante (la sœur de ma mère) et son mari. Une famille un peu bancale donc, mais formidable !

Boulimie de lecture

Dans la maison de campagne, où ma sœur et moi passions trois mois tous les étés, mon père possédait une impressionnante bibliothèque. Aucun ouvrage ne nous était interdit. Comme nous étions dans les années 1960, il n'y avait presque rien d'autre à faire que de lire des livres pour tuer l'incommensurable ennui des grandes vacances. Pas de tablette, pas d'ordinateur, pas de téléphone, pas de PlayStation à l'époque !

C'est ainsi que j'ai découvert Colette. Le titre *La Chatte* m'avait tapé dans l'œil, car j'étais passionnée par la nature et les animaux. J'étais donc persuadée de me plonger dans une histoire de chats. En réalité, ce n'était pas le cas, puisque *La Chatte* raconte une tragédie amoureuse avec trois personnages : Alain et Camille qui forment un couple de jeunes mariés d'une part, et d'autre part, Saha, la chatte plus aimée que l'épouse, et qui devient sa rivale. Cette lecture fut d'une certaine manière fondatrice de mon intérêt profond pour les histoires de famille. J'y découvris que, dans une famille, toutes les situations sont possibles, même la jalousie d'un humain pour un animal. La matière promettait d'être infinie.

Et surtout, sans forcément en avoir une conscience claire, car j'étais encore trop jeune, j'ai pressenti la capacité exceptionnelle de Colette à utiliser le mot juste. Elle exploite magistralement la nuance, la subtilité de la langue française. En relisant Colette, des années plus tard, j'ai réalisé à quel point il est impossible dans ses textes de remplacer un mot par un autre. Aucun synonyme ne vaudrait les mots qu'elle a choisis. Par exemple, dans *Dialogues de bêtes*, Colette écrit : « Les instants d'or de ce beau jour lent et pur. » Ou encore, dans *L'Étoile Vesper* : « Pour le seul printemps nous devenons pareils à l'oiseau sous l'auvent de tuile, pareils au cerf lorsqu'une certaine nuit il respire, dans la forêt d'hiver, l'inopiné brouillard que tiédit l'approche du temps nouveau. » Qui d'autre saurait le dire aussi bien que cela ?

À la même époque, j'ai aussi lu plusieurs autres livres de Colette, dont *Chéri*, qui n'était pas du tout de mon âge ! Elle y décrit les rapports de Léa, une courtisane de près de 50 ans, avec son jeune amant, Fred, dit « Chéri ». J'ai été happée par le texte, tout y est juste, dit avec peu de mots et une certaine pudeur. Tout au long de ma carrière d'écrivaine, c'est ce style incisif, pas pompeux, précis et délicat, celui de cette grande dame, de ses œuvres lues dans ma préadolescence, qui m'a servi de guide. Aujourd'hui, si les thèmes de Colette ont vieilli, son style lui, reste un modèle.

Dans la bibliothèque de mon père, puis un peu plus tard à l'adolescence, dans les livres que ma sœur et moi achetions avec notre argent de poche, j'ai tout dévoré : Mauriac, Baudelaire, Nerval, Proust, Tolstoï, les sœurs Brontë, Sartre, Zola, Dumas, Hugo… J'avais des « périodes », où je lisais un auteur précis de bout en bout. Ma sœur s'intéressait plus aux livres historiques, tandis que j'avais une préférence pour les romans. Nous discutions de nos lectures respectives et parfois, nous trouvions une passerelle entre ses goûts et les miens. J'avais été très intéressée par le roi Henri II, qui l'avait moins passionnée, pour sa romance avec Diane de Poitiers. Une histoire d'amour encore une fois !

Toutes ces lectures ont forgé mon imagination et la magie des mots m'a accompagnée tout au long de ma vie. Les livres ont toujours été des compagnons qui ont rythmé le temps, rythmé mes envies. Les œuvres de Jean Giono m'ont fait aimer la terre avec son côté rude, la beauté des paysages sauvages. Les sagas m'ont quant à elles profondément inspirée ;

elles sont à l'origine de mon thème de prédilection, la famille. Quand je lisais *Les Semailles et les Moissons* d'Henri Troyat, *Les Grandes Familles* de Maurice Druon ou *Les Jalna* de Mazo De la Roche, il m'était aisé de m'identifier aux histoires de famille qu'ils racontaient. J'étais prise par l'action, par les personnages.

Premières nouvelles

Dès l'âge de 10 ou 11 ans, nourrie de ces lectures éclectiques, j'ai commencé à écrire des petits textes, des courtes nouvelles ou des poèmes, des petits vers de mirliton ! L'écriture s'est imposée à moi, à la fois comme un plaisir et sans doute un peu comme une nécessité. Elle a constitué mon moyen d'expression, celui qui correspondait à mes aspirations. Je ne savais pas dessiner et il ne me serait pas venu à l'idée de chanter, le terrain de la musique étant totalement et brillamment occupé par mes parents et donc hors de portée. L'écriture me semblait plus directement accessible, alors que pour peindre, sculpter ou jouer d'un instrument, il aurait fallu faire des études. Et puis, écrire correspondait bien à ma personnalité timide. Mes récits restaient dans mon jardin secret, ce n'était pas quelque chose dont je voulais parler. Ma sœur s'en serait moquée, ma mère, que je voyais de temps en temps, aurait levé les yeux au ciel, mon père aurait été trop curieux de la suite.

Je n'ai gardé aucune trace de ces premiers écrits, et aucun souvenir précis de leur contenu. Ils étaient sans doute assez mauvais, et probablement autocentrés, comme le sont presque toujours les textes écrits à l'adolescence. À cet âge-là, il est difficile d'écrire sur autre chose que soi-même, de sortir de l'ego de l'ado pour passer dans un monde imaginaire. L'écriture est alors un exercice de transposition, plus que de fiction. Toujours est-il que coucher des mots sur le papier est très vite devenu mon moyen d'expression, ma manière à moi d'être artiste, en me distinguant de mes parents, sans que j'en aie naturellement à l'époque une conscience claire.

Le temps de l'écriture

J'écris à la fois vite et lentement. Vite, et surtout efficacement, parce que telle est ma nature, impulsive et rapide. Je ne lambine pas, je suis concentrée dès tôt le matin, et je n'hésite pas à avancer dans l'histoire sans tergiverser, jour après jour. Je me fais confiance et, grâce à l'expérience, j'ai à peu près dans la tête tout ce que j'ai écrit depuis le début. Ce n'est pas la peine que je relise et corrige l'ensemble tout le temps. Avant de démarrer le matin, je relis seulement ce que j'ai fait la veille, pour me remettre en selle. Et à la fin du manuscrit, je relis la totalité du texte, mais pas avant.

Une fois assise à mon bureau, je suis vissée à celui-ci pendant des heures. Je ne fais pas l'école buissonnière, ne cherche pas toujours des prétextes pour me laisser distraire. Comme personne ne me contraint, ni mon éditrice qui attend patiemment mon texte ni le lecteur qui attend tout aussi tranquillement la parution, je suis la seule à m'astreindre à respecter des horaires et un rythme soutenu. Je suis réglée comme un métronome. J'allume mon ordinateur, puis une cigarette, qui fume souvent toute seule dans le cendrier à côté, abandonnant juste quelques effluves de tabac blond. Au bout d'une heure, je traverse la maison pour aller boire un café et jeter un œil au paysage. Et je refais quatre fois ce cycle en une matinée. En quatre heures, j'ai bu quatre cafés et écrit, si tout va bien, trois pages, soit une bonne scène tendue ou bien deux ou trois courtes scènes qui se succèdent. Je les relis et les corrige l'après-midi. Et je continue au même rythme le lendemain.

Pour autant, je ne confonds pas vitesse et précipitation. C'est pour cela que je dis aussi que j'écris lentement. Même si c'est principalement l'émotion et le rythme qui me guident, je ne peux pas tout déverser d'un coup dans le texte, comme une grande flaque d'eau sur la table. Il faut canaliser l'énergie créatrice, prendre son temps, faire monter la mayonnaise progressivement. Quand vous débutez, vous avez tendance à griller tout de suite toutes vos cartouches, à abattre toutes vos cartes dans l'enthousiasme. Avec la pratique, vous apprenez à être plus patient, à construire l'histoire pierre par pierre, à structurer vos idées.

Il m'arrive encore, quand je relis le matin ce que j'ai écrit la veille, de me demander pourquoi j'ai complètement avorté cette scène qui pouvait être plus longue, plus riche et raconter plus de choses. Un livre, ce n'est pas un dialogue de cinéma, un scénario qui doit être percutant. Comme c'est un roman, je peux prendre mon temps. Et je dois laisser ce temps à mon narrateur omniscient pour qu'il puisse décrire avec finesse ce qui se passe dans la tête du personnage. Inutile d'aller trop vite, sinon on perd la saveur du personnage, sa dimension psychologique. Quand j'écris, je garde toujours en tête que, contrairement à un film ou à un opéra, je n'ai rien pour m'appuyer, pas de comédiens, pas de musique, pas de décor. C'est seulement la qualité de l'écriture qui fera la qualité du roman.

Le temps de l'écriture m'apporte un plaisir immense, mais cela reste un vrai travail scrupuleux. Quand je relis ce que j'ai écrit, je corrige, je rature, je réfléchis et parfois je reviens en arrière. Il m'arrive par exemple de me rendre compte qu'un personnage que j'avais décrit comme dur au début du livre est en réalité tout tendre, qu'il est devenu un vrai bonbon au fil de l'écriture. Dans ce cas-là, j'admets, avec lucidité et sans indulgence, que je ne l'ai pas bien présenté au lecteur dans les premières pages, et qu'il va donc être trop surpris de ses réactions plus tard dans le livre. Maintenant que je connais bien mon personnage, que je le manie bien, je me dois de réécrire les premières lignes dans lesquelles j'en parle, pour améliorer la cohérence de l'ensemble.

Une question de style

La qualité littéraire de ce que j'écris m'importe tout autant que le fond du propos. Je pense être arrivée aujourd'hui à une langue qui m'est propre. Si l'on prend tous les livres que j'ai écrits depuis vingt ans, on trouve une unité dans le choix et l'emploi des mots, mais aussi une cohérence de style de manière générale. Je rencontre d'ailleurs de nombreux professeurs de français dans les salons ou les librairies qui me complimentent sur la qualité de la langue que j'utilise.

J'aime beaucoup la langue française, le vocabulaire, la syntaxe, la grammaire. J'ai avant tout la passion des mots. Elle ne m'a jamais quittée depuis mes premières lectures de Colette ou Baudelaire. J'ai reçu peu de conseils d'écriture, mais l'un de ceux qui m'ont marquée et dont je me souviens encore venait de Philippe Hériat et portait sur l'importance de l'usage du mot juste. Quand j'étais allée lui rendre visite pour lui présenter ma première nouvelle, il m'avait dit : « On ne peut pas dire d'un personnage qu'il *fixe* quelqu'un. On ne *fixe* pas quelqu'un, on *fixe* une punaise au mur, rien d'autre. » Le vocabulaire m'intéresse tant que je possède dans ma bibliothèque toutes sortes de dictionnaires, à commencer bien sûr par ceux des éditions Le Robert et Larousse.

Les dictionnaires ont chacun leur personnalité. Quand on les consulte beaucoup, ce qui a été mon cas longtemps, on se rend compte qu'on préfère tel ou tel. Quand j'étais enfant, j'adorais le *Petit Larousse illustré* avec toutes ses jolies gravures, avec ses planches couleur parfois très explicatives. Aujourd'hui encore, même si je le fais beaucoup moins souvent que dans mes premières années d'écriture, si j'ai un quelconque doute sur une signification précise, je vais aller y chercher le bon mot. Le dictionnaire analogique constitue une aide encore plus précieuse, dans ce cas-là, car il donne tous les mots qui correspondent à une idée.

J'ai aussi acquis au fil des années moult ouvrages spécialisés liés aux thématiques que j'explore dans mes romans, comme les styles de mobilier. Mon préféré reste un dictionnaire visuel qui vous permet de savoir comment s'appelle chaque petite chose de la vie quotidienne, dont on a généralement oublié le nom. Quand vous regardez une cheminée, vous savez souvent qu'on appelle le dessus *tablette* et les côtés *jambages* mais, sauf à être un spécialiste ou un passionné de cheminées, connaissez-vous le *trumeau*, le *corbeau*, le *contrecœur* ? Ou quand quelqu'un vous dit : « Tu sais, le bidule, là, au milieu de la fenêtre… » Eh bien, cela s'appelle la *crémone* ! Bien sûr, je n'abuse pas et ne truffe pas mon texte de mots rares et précieux, sinon cela devient ampoulé, nuit à la lecture, et ce n'est pas le but. En réalité, je ne fais généralement pas attention aux mots que j'utilise. Si c'est celui qui me vient, c'est que c'est le bon. Je ne me demande pas si le lecteur va comprendre, je pars du principe qu'il est tout sauf un imbécile, et que dans le contexte de la phrase ou du paragraphe, il saisira ce que je veux dire.

La grammaire et la syntaxe m'intéressent aussi énormément, au point de me pencher parfois sur le moindre détail. Une anecdote : il y a quelques années, quand le texte revenait de la correction chez l'éditeur, sous forme d'épreuves, j'y trouvais souvent des points-virgules ici ou là, que je n'avais pas utilisés au départ. Ces changements de ponctuation ont piqué ma curiosité au point que j'ai commandé un ouvrage sur l'usage du point-virgule, pour bien comprendre à quel endroit il était nécessaire ou pas.

Pour autant, précision ne veut pas dire complication. Comme pour le vocabulaire, que j'aime à la fois précis et simple, j'évite tout usage désuet de la conjugaison. Par exemple, rares sont ceux qui utilisent le subjonctif imparfait de nos jours, même dans le langage écrit. Cela me conduit à une écriture malheureusement pas toujours très orthodoxe en matière de concordance des temps, mais c'est ainsi.

Après tout, le français est une langue vivante, c'est bien normal qu'il évolue, et c'est aux écrivains d'évoluer avec lui.

Si je devais décrire mon style en quelques mots, je le qualifierais de rapide, visuel et correct. De mon expérience de scénariste pour la télévision, j'ai gardé une écriture efficace, faite pour l'image, où les dialogues se taillent la part du lion. Ma passion pour la vitesse se ressent aussi je crois dans ma façon d'écrire : ma plume est vive, nerveuse, je ne m'encombre pas de fioritures. Par exemple, dans *Un si bel horizon*, quand la famille se réunit chez le notaire pour la signature d'un contrat de mariage, je ne décris pas en détail le cabinet du notaire, le costume qu'il porte ou le temps qu'il fait ! Je vais droit au but :

> Reçus dès leur arrivée, ils se retrouvèrent tous les quatre face au notaire qui prononça quelques mots de bienvenue avant d'en venir au vif du sujet.

Je facilite la vie du lecteur en écrivant avec autant de fluidité que possible. Quand je relis une page, toujours en silence, j'entends les voix dans ma tête et si quelque chose cloche, je le sens immédiatement. Je peux dire, à la seule musique des mots, que c'est bancal. Je suis très sensible à cette musique de la langue et aussi à la poésie. Écoutez ce vers de Baudelaire : « Ma jeunesse ne fut qu'un ténébreux orage. » Comment le dire autrement ? Cela permet de comprendre, de sentir immédiatement le côté noir et chaotique de sa jeunesse. Il aurait écrit *sombre* ou *violent*, ça n'aurait pas voulu dire la même chose. Alors que là, avec *ténébreux*, c'est immédiat ; non seulement je comprends ce qu'il me dit, mais aussi je le ressens.

Relectures et corrections

J'ai toujours eu très peu de relecteurs, que ce soit dans mon cercle intime ou à l'extérieur de celui-ci. Si j'avais quelques lecteurs privilégiés, je trouve que cela serait très compliqué, car plus il y a de lectures, plus il y a d'avis. Dans ma famille, je n'ai jamais attendu de conseils de ma mère. Elle a sans aucun doute suivi ma carrière avec une certaine admiration, mais très peu d'intérêt. Quand je lui disais : « Je viens de commencer un livre », j'avais droit à cette réponse dans les semaines qui suivaient : « Tu as fini ton livre ? » Comme si je pouvais l'écrire en huit ou quinze jours ! Sans compter qu'elle m'annonçait fièrement relire régulièrement *Les Vendanges de Juillet*, alors que j'avais publié 20 autres livres depuis. J'aurais bien aimé qu'elle les lise aussi, mais je crois qu'elle n'avait aucune motivation pour cela.

En revanche, mes filles ont toujours été d'un soutien assidu. La cadette, en particulier, est l'une de mes premières lectrices. Dès l'adolescence, elle venait voir les feuillets imprimés sur mon bureau et me harcelait si elle trouvait que cela n'allait pas assez vite. Son avis m'importe beaucoup, car c'est une grande lectrice. Elle a fait une maîtrise de lettres à l'université, travaille à la radio comme chroniqueuse littéraire, et ses remarques s'en trouvent fondées et très utiles. Si elle ressent un manque, en trouvant par exemple que je n'ai pas emmené un personnage secondaire aussi loin que je l'aurais pu, dans une sous-intrigue qui lui serait propre, j'écoute son ressenti. De la même manière que cela l'a frustrée, cela laissera à coup sûr certains lecteurs sur leur faim. Dans ce cas, je retravaille mon texte.

Un jour où elle avait lu un certain nombre de pages d'un manuscrit, alors que je voulais savoir où elle en était et ce qu'elle en pensait, je lui ai demandé si elle en était arrivée à la mort de Simon, un personnage secondaire. Elle m'a dévisagée, horrifiée, avant d'articuler d'un ton réprobateur : « Parce que tu as tué Simon ? » Merveille de la fiction !

À l'extérieur de ma famille, seule mon éditrice a connaissance du manuscrit. Comme je lui fais totalement confiance, ses remarques me sont aussi précieuses. Mais je suis sans nul doute ma relectrice la plus rigoureuse. J'ai presque d'ailleurs une déformation professionnelle, même quand je lis d'autres auteurs. Très jeune, je me suis mise à le faire avec un œil critique, sans même m'en rendre compte. Et aujourd'hui, c'est devenu terrible. Il faut que je me gendarme pour ne pas être heurtée par une répétition ou par une coquille. Et je me dis : « Arrête, ce n'est pas un manuscrit que tu corriges, on te raconte une histoire que tu ne connais pas ! ».

Table

Préface 9

PREMIÈRE PARTIE

Libre 13
Tant d'amitié 17
Laissée-pour-compte 29
La croisière ne s'amuse pas 41
N'a-qu'un-œil 57
Un faire-valoir 67
La binette 79
Le temps qui passe 91
Hautain 93

DEUXIÈME PARTIE

Merci la maîtresse
Agnès Martin-Lugand 111

L'Épiphanie de juillet
Frédérique Le Teurnier 135

TROISIÈME PARTIE
Des histoires qui vous ressemblent

Ouverture 157
Premier acte. *Crescendo* 159

DU MÊME AUTEUR (*suite*)

BM Blues, Belfond, 2012 (première édition, Denoël, 1993) ; Pocket, 2015

Serment d'automne, Belfond, 2012 ; Pocket, 2013

Dans les pas d'Ariane, Belfond, 2011 ; Pocket, 2013

Comme un frère, Belfond, 1997, rééd. 2011 ; Pocket, 2014

Le Testament d'Ariane, Belfond, 2011 ; Pocket, 2013

Un soupçon d'interdit, Belfond, 2010 ; Pocket, 2015

D'espoir et de promesse, Belfond, 2010 ; Pocket, 2012

Mano a mano, Belfond, 2009 (première édition, Denoël, 1991) ; Pocket, 2011

Sans regrets, Belfond, 2009 ; Pocket, 2011

Dans le silence de l'aube, Belfond, 2008 ; Pocket, 2014

Une nouvelle vie, Belfond, 2008 ; Pocket, 2010

Un cadeau inespéré, Belfond, 2007 ; Pocket, 2008

Nom de jeune fille, Belfond, 1999, rééd. 2007 ; Pocket, 2010

Les Bois de Battandière, Belfond, 2007 ; Pocket, 2009

Les Sirènes de Saint-Malo, Belfond, 1999, rééd. 2006 ; Pocket, 2012

Berill ou la Passion en héritage, Belfond, 2006 ; Pocket, 2007

Une passion fauve, Belfond, 2005 ; Pocket, 2007

Les Vendanges de Juillet, Belfond, 1999, rééd. 2005 ; Pocket, 2009 (volume incluant *Les Vendanges de Juillet*, 1994, et *Juillet en hiver*, 1995)

Rendez-vous à Kerloc'h, Belfond, 2004 ; Pocket, 2006

Le Choix d'une femme libre, Belfond, 2004 ; Pocket, 2005

Objet de toutes les convoitises, Belfond, 2004, rééd. 2020

Les Années passion, Belfond, 2003 ; Pocket, 2005

L'Héritage de Clara, Belfond, 2001 ; Pocket, 2003

Le Secret de Clara, Belfond, 2001 ; Pocket, 2003

Crinière au vent, France Loisirs, 2000

Terre indigo, TF1 Éditions, 1996

Corrida : La fin des légendes, en collaboration avec Pierre Mialane, Denoël, 1992

Sang et or, La Table ronde, 1991

Pour en savoir plus
sur les Éditions Récamier
(catalogue, auteurs, vidéos, actualités...),
vous pouvez consulter
www.editions-recamier.fr
www.lisez.com

lisez!

et nous suivre sur les réseaux sociaux

Éditions Récamier

@editionsrecamier

@Ed_Recamier

#lisez! engagé

Pour plus d'information :

www.lisez.com

Imprimé sur du papier issu de forêts gérées durablement.

Achevé d'imprimer en octobre 2025 par
Normandie Roto Impression s.a.s.
61250 Lonrai
N° d'impression : 2504316

Imprimé en France